Vovô Ampulheteiro
A história

Editora Appris Ltda.
1.ª Edição - Copyright© 2022 do autor
Direitos de Edição Reservados à Editora Appris Ltda.

Nenhuma parte desta obra poderá ser utilizada indevidamente, sem estar de acordo com a Lei nº 9.610/98. Se incorreções forem encontradas, serão de exclusiva responsabilidade de seus organizadores. Foi realizado o Depósito Legal na Fundação Biblioteca Nacional, de acordo com as Leis nos 10.994, de 14/12/2004, e 12.192, de 14/01/2010.

Catalogação na Fonte
Elaborado por: Josefina A. S. Guedes
Bibliotecária CRB 9/870

M582v
2022
	Mesquita, André Luiz Amarante
	    Vovô ampulheteiro : a história / André Luiz Amarante Mesquita ; [ilustrações de Cliff Oliveira e Jarles Silva]. - 1. ed. - Curitiba: Appris, 2022.
	    103 p. ; 21 cm.
	
	    ISBN 978-65-250-2530-8
	
	    1. Ficção brasileira. I. Título.
	
	                                                          CDD – 869.3

Editora e Livraria Appris Ltda.
Av. Manoel Ribas, 2265 – Mercês
Curitiba/PR – CEP: 80810-002
Tel. (41) 3156 - 4731
www.editoraappris.com.br

Printed in Brazil
Impresso no Brasil

André Luiz Amarante Mesquita

Vovô Ampulheteiro
A história

FICHA TÉCNICA

EDITORIAL	Augusto V. de A. Coelho
	Marli Caetano
	Sara C. de Andrade Coelho
COMITÊ EDITORIAL	Andréa Barbosa Gouveia (UFPR)
	Jacques de Lima Ferreira (UP)
	Marilda Aparecida Behrens (PUCPR)
	Ana El Achkar (UNIVERSO/RJ)
	Conrado Moreira Mendes (PUC-MG)
	Eliete Correia dos Santos (UEPB)
	Fabiano Santos (UERJ/IESP)
	Francinete Fernandes de Sousa (UEPB)
	Francisco Carlos Duarte (PUCPR)
	Francisco de Assis (Fiam-Faam, SP, Brasil)
	Juliana Reichert Assunção Tonelli (UEL)
	Maria Aparecida Barbosa (USP)
	Maria Helena Zamora (PUC-Rio)
	Maria Margarida de Andrade (Umack)
	Roque Ismael da Costa Güllich (UFFS)
	Toni Reis (UFPR)
	Valdomiro de Oliveira (UFPR)
	Valério Brusamolin (IFPR)
ASSESSORIA EDITORIAL	Raquel Fuchs
REVISÃO	Andréa L. Ilha
PRODUÇÃO EDITORIAL	Bruna Holmen
DIAGRAMAÇÃO	Bruno Nascimento
CAPA	André Luiz Amarante Mesquita
COMUNICAÇÃO	Carlos Eduardo Pereira
	Karla Pipolo Olegário
LIVRARIAS E EVENTOS	Estevão Misael
GERÊNCIA DE FINANÇAS	Selma Maria Fernandes do Valle

Créditos

Ilustrações

Personagens

Cliff Oliveira — a criação alegre e irreverente de uma estrela do mundo da caricatura. Um músico de alma que, dedilhando a vida, nos traz a emoção dos traços.

Paisagens

Jarles Silva — o toque da genialidade do lápis e do pincel. Um músico profissional que, soprando harmonia, nos traduz a inspiração em telas maravilhosas.

Prefácios

Osvaldo Garcia: o grande compositor do samba e do carnaval paraense, um inspirador desta obra.

Dilcio Nascimento: o poeta da vida, parceiro de composição.

Luiz Perna: o mercador de sonhos, também um inspirador desta obra.

*Aos meus pais, **João Batista** e **Maria Hosana**, por tudo na minha vida.*

Aos meus filhos, inspiradores da minha vida.

*A minha amada esposa **Tati**, parceira e amiga de todos os momentos.*

*Ao inspirador mor deste livro, agradecendo às lições de vida e aos momentos de saudável boemia, meu eterno parceiro, **Bozo**.*

Aos meus amigos envolvidos com a magia do carnaval.

Prefácios

Venha... onda é onda! Entre nessa viagem... além, muito além da imaginação. Descubra os encantos, a magia e os mistérios do Egito milenar.

"Tunico do Telégrafo", músico carismático, inspirado biriteiro, é o personagem icônico de quem o autor conta com irreverência e rara sensibilidade...

Do saudoso galpão Mosqueiro/Soure ao Egito, muitas aventuras entrelaçadas de saudade dos amigos, amores e a certeza de cumprir a promessa que fizera, antes de partir, a seu sábio e generoso pai:

Riqueza!!!

Clandestino e sonhador, nosso herói, num cenário surreal, entre areias e camelos, odaliscas e muita batida de tâmaras e damasco, fez um inusitado carnaval... Dá para imaginar?

Por meio de um grande mestre, conhece a arte milenar da ampulheta, e, daí até a volta triunfal, muitas lições de vida... Leia. Entre nessa viagem... Onda é onda.

Belém, 31 de julho de 2019

Osvaldo Garcia

O livro é motivante a cada capítulo, aprisionando-nos em sua leitura. Você vai fazer uma viagem que vai do Galpão Mosqueiro e Soure, em Belém, até o Egito. Viagem iniciada numa roda de samba, na qual conheceu alguns marinheiros que convidaram e levaram nosso herói, clandestinamente, no navio cargueiro com destino ao Egito. Uma narrativa impecável, que me remeteu direto para o brilho do tempo, pela preciosidade do nosso linguajar *parauara*. Isso também é a prova de que a música é muito importante na arte de agregar valores humanos, como a amizade.

Na sua formação de mestre Ampulheteiro (apesar de ser trapaceado pela sorte), foi acolhido pelo destino, que colocou o Mestre Garciouh no seu caminho, para ensinar-lhe a arte da fabricação das ampulhetas. Na sequência, o destino o fez rico e ajudou seus amigos.

Na vingança do Mr. Leg, fiquei pensando em como um caboclo *parauara* teve tamanha astúcia para elaborar um plano tão mirabolante para a vingança do seu novo amigo, acelerando, assim, a lei do retorno. Nem sei se isso é possível ou se os fins justificam os meios. Isso vai ficar por conta da interpretação e da imaginação de vocês, caros leitores.

Leiam o livro e se deliciem com esta obra maravilhosa com que o autor, André Mesquita, presenteou-nos.

Tucuruí, 19 de maio de 2019

Dilcio Nascimento

Recebi a missão de ser um dos privilegiados a prefaciar esta obra literária, o que me impõe uma enorme responsabilidade. Um prefácio tem como missão máxima despertar, nos futuros eleitores, a leitura, criando boas expectativas em relação às páginas seguintes.

Nesse caminho, o autor mistura, de maneira muito singela, o real e o imaginário, descrevendo, com muita criatividade e vivência, uma deliciosa trama, mixada entre personagens da vida boemia da maravilhosa Belém e aventuras surreais, fazendo-nos mergulhar em tramas interessantes.

O livro discorre, de maneira deliciosa, sobre as festas e os maravilhosos mitos do Pará, o seu característico samba, o seu animado e genuíno carnaval, as suas animadas rodas de batucada, os seus originais músicos e personagens típicos da vida boêmia de Bairro do Telégrafo, em Belém. Destaca as sagacidades do povo paraense, que tem como características principais a alegria, a gentileza, a acolhida e o afeto nato pelo outro.

Mais adiante, remete-nos a imaginárias e contagiantes aventuras, vividas em um país místico e milenar, o Egito, descrevendo com simplicidade sua interessante cultura, seu povo e, por incrível que possa parecer, sua semelhança com a amazônica terra natal do principal personagem, Tunico.

O livro também nos inspira a vermos, ou até mesmo revermos, nossas estratégias de vida, visto que a vida nada mais é do que uma bela aventura, seja ela qual for.

Aponta-nos que, apesar das adversidades que as aventuras da vida nos apresentam, podemos sim aprender com essas dificuldades e prepararmos nossas estratégias de vida, desde que empreguemos o verdadeiro amor, sem preconceitos.

A obra, em síntese, é lição de vida, lição de amor, lição do bem viver para não morrermos por dentro, quando decepcionados pela própria vida. É um incentivo de como a vida pode ser olhada pelo prisma do amor.

Como destaque, o livro está entremeado de belas poesias que abrilhantam a leitura, como destaco:

"Sempre há de se ter uma mão para ajudar"

"As lágrimas lavarão o caminho para paz".

Curitiba, 9 de maio de 2019

Luiz Perna

Preâmbulo

A vida está sempre nos presenteando com amigos fabulosos, cada qual com um enredo diferente, somando a sua emoção na construção de nosso pensamento.

Esta obra é fruto dessa interação mágica e apaixonante que é a amizade.

O aprendizado formal, aliado às lições do dia a dia, produz sabedoria, que nos ajuda a viver melhor. Vamos estudar, mas vamos nos misturar e nos doar, com amor, para essa grande aventura espiritual que é a vida.

André Mesquita

Sumário

CAPÍTULO 1
O INÍCIO — 16

CAPÍTULO 2
RUMO AO EGITO — 24

CAPÍTULO 3
ALEXANDRIA — 34

CAPÍTULO 4
CHEGADA AO CAIRO — 44

CAPÍTULO 5
O MESTRE AMPULHETEIRO — 50

CAPÍTULO 6
A GRANDE SORTE — 56

CAPÍTULO 7
O GRANDE FOLIÃO — 66

CAPÍTULO 8
A VINGANÇA DE MR. LEG — 74

CAPÍTULO 9
PROMESSAS CUMPRIDAS — 84

CAPÍTULO 10
O VOVÔ AMPULHETEIRO — 92

Capítulo 1
O início

Osuingue da tuba ecoava no navio, o imponente Presidente Vargas, em mais uma chegada triunfal no galpão Mosqueiro-Soure, Porto de Belém. O navio fora construído na Europa e fazia o trajeto entre Belém e Soure, cidade pitoresca na Ilha de Marajó, a maior ilha semifluvial do mundo, banhada pelo oceano Atlântico e pelo majestoso Rio Amazonas. No trajeto, uma tradicional parada em Mosqueiro, uma ilha maravilhosa de água doce, mas com ondas de mar, de emoções, de amor...

Os dedos vibravam no couro, e a voz rouca, mas afinada, animava as mentes já mareadas pelas cerpas que desciam suaves, desfilando pelas goelas dos parceiros da onda... Esse era o nosso grande festeiro Tunico, o cantador da roda e exímio na marcação da tuba.

Que beleza essa praia do Marajó
Escapei da ferrada de arraia
Toquei samba, aprendi carimbó
E ganhei um lindo rabo de saia!

A Baía do Guajará, prateada pela rainha da noite, com suas marolas empurradas pelos ventos do final do verão amazônico, era o palco da alegria. Essas águas já fizeram e fazem histórias no cotidiano e no lendário, com botos fecundando a natureza e as paixões, com Deusas das Águas deslumbrando o mundo com encanto e rasgando corações...

Vinha o Presidente Vargas chegando, e a vista de Belém iluminada era uma paisagem vibrante. E em um navio aportado, com um nome esquisito, tremulava uma bandeira diferente.

— Que bandeira é essa, mano? — indagou Patote, parceiro fiel das madrugadas festeiras.

— Sei lá..., mas essa águia é maneira! — falou Tunico, intrigado com a bandeira diferente que tremulava no navio ancorado no Porto de Belém.

— *Tamo* chegando...! — gritou Dandan, sempre com a sua alegria e o prazer de estar sempre com os amigos.

E o samba continuou no galpão, apinhoado de gente, todos felizes com o desfecho de um belo domingo de novembro, ainda no clima do Círio, que, renovando a fé dos paraenses, já prepara as festas do final de ano. O galpão Mosqueiro-Soure, fora a sua função como terminal de passageiros fluviais, era um palco da boemia da cidade de Belém, um local de encontro de foliões da vida, com música para arrastar o pé, levantar poeira e comemorar a vida.

A chamada do banjo, nas palhetadas do amigo das ondas Patizinho, era respondida pela virada da tuba e o samba, com sotaque de carimbó, voltava a fazer a festa.

Chegamos no barco de ferro
A morena dançou sem ficar tonta
Caboquinha linda eu te quero
Vamos que vamos, onda é onda!

Uma galera de branco, já pra lá da conta, babava com o som que mexia com seus pés, fazendo balançar os esqueletos desengonçados. Faziam barulho, brindavam seus copos plenos de uísque e tentavam cantar o samba que rolava. Era a tripulação do navio de bandeira diferente, que, na folga das viagens transatlânticas, extravasava a tensão da labuta de alto-mar.

Manusertius, o líder dos marinheiros, resolveu tomar uma atitude para a integração de seu grupo.

— Pessoal da música! — braveou em tom alto com um português rasgado — Aqui uma garrafa de uísque de nosso navio para brindar essa festa faraônica!

— Chega mais, gente boa — retrucou Mariote, um verdadeiro búfalo do Marajó, forte, mas dócil como uma criança, uma pessoa de um coração bem maior do que o seu corpo.

— Hu, hu, hu – cantava e pulava Patote, em seu ritual dos índios da Amazônia, puxando o marinheiro para a roda.

Patote, com as origens na Ilha de Marajó, na cidade de Ponta de Pedras, era sempre o grande parceiro. Para ele, não tinha tempo ruim. Precisou de um amigo, podia contar com o grande Patote, que se esquecia de si próprio para o bem-estar dos outros. Um cara de bom tamanho, um tipo brabo, à primeira vista, mas de um coração mole, sempre apaixonado, tão apaixonado que quase sempre estava sem namorada.

— Que música quente é essa? — perguntou o marinheiro, com um grande sorriso estampado na cara, e tropeçando por cima das cadeiras, com a puxada do Patote.

— É o nosso samba, parceiro, chega junto — convidou Tunico, já passando a mão e levantando a garrafa de uísque.

— Aí, galera, o parceiro é dos nossos! — os amigos de Tunico gritaram e bateram palmas, ainda mais que a grana já estava na pendura e uma birita a mais era muito bem-vinda naquela hora.

— Ei, marinheiro, chama tua turma, se achegue que o samba é de todo mundo — fraseou Patote.

E o samba seguiu madrugada afora, em harmonia entre o pessoal local e a turma de fora. Esses aí, um tanto esquisitos, mais pulavam que dançavam, batendo na mesa, tentando acompanhar o samba, que segurava um monte de passageiros que tinham vindo também no Presidente Vargas. Uma roda de samba, do jeito que a turma de Tunico sempre fazia pelos bares do Telégrafo, o conhecido bairro dos artistas, berço de muitos sambistas, músicos e poetas da cidade de Belém.

A seleção canarinha acabara de conquistar a taça Jules Rimet, e, no Telégrafo, o samba fazia uma de suas moradas. Da Praça Brasil ao Canal do Galo e ao Canal do Jacaré, passando pela Vila da Barca, os artistas do Telégrafo aprendiam a referenciar a majestade, o samba, pela magia dos mestres Gino do Cavaco e Bernardo, o Índio do violão; e de várias famílias com sangue musical, como a turma do seu Zizi.

Telégrafo, onde o samba faz morada
Brilha a terceira da sua batucada
Gino do Cavaco, Índio do Violão

Mestres de arte e mãos benditas
Famílias musicais, gente de coração
Viva o Telégrafo, o Bairro dos Artistas!

— Na nossa terra não conhecemos essa música que bota fogo! — disse Manusertius, empolgado com o som.

— Tá no couro do pandeiro, tá no sangue, parceiro! — bradou Tunico, dando uma bela golada na garrafa trazida pelos marinheiros.

Manusertius, um marinheiro experiente, era o líder da tripulação que estava de passagem por Belém, a serviço do navio cargueiro. Era a pessoa de confiança do capitão do navio, tanto que os marinheiros só saíam para as folgas sob o comando de Manusertius, que, embora endurecido pela vida, mantinha sempre viva sua veia de poeta e de amante da vida, acima de tudo.

— Temos que levar isso no navio — disse um segundo marinheiro, se dirigindo a Manusertius. — Nós estamos entediados, precisamos de alegria. Estamos há oito meses fora de casa, a situação está complicada, não temos mais vontade de navegar.

— É isso! — gritou outro marinheiro, já caindo por cima de Manusertius, com a voz já avariada pelo uísque.

Manusertius, com um sinal para acalmar a tripulação, abraçou o tocador de tuba.

— Grande tocador — falou Manusertius — qual é o seu nome?

— Tunico, à sua disposição...

— Muito prazer, Tunico. Meu nome é Manusertius.

— Manu o quê? Complicado! Vou te chamar de Manu!

Sou *caboco*, tenho muitos *manus*
Mano Patote, mano Dandan e o Mariote
Que jamais me meteram no cano
Tenho mais um agora, o próprio Manu!

A turma do Tunico se esbaldou em gargalhadas, e o samba pegou fogo. Laqueira, com sua cabeleira pop, rodava feito um louco. Chicão, como sempre, dormindo, acordou. Cidão, parceiro de tuba, soluçava de tanto dar risada. Patizinho, o do banjo, palhetava as cordas, arrastando no couro, dando vida ao som batucado de seu instrumento, fazendo valer a lição aprendida com os velhos mestres do carimbó.

— Não importa — respondeu firme Manusertius. — Você quer fazer uma grande viagem e colocar vida no nosso navio e na nossa terra?

— Que terra...?

— O Egito!

Capítulo 2
Rumo ao Egito

O balanço do mar acordou Tunico. Olhou mansamente pela escotilha e não viu nada, além das majestosas ondas. "Égua, isso é muito doido", pensou, fazendo rapidamente uma retrospectiva do que aconteceu. Manusertius tinha arranjado tudo para que ele entrasse escondido no navio, e o instalara em um beliche de seu pequeno camarote. O consentimento do capitão do navio seria em uma noitada, quando Manusertius faria um *show* para festejo no navio, usando a arte de Tunico.

Tunico se lembrava de como falou para seus pais dessa incrível viagem.

— Pai, quero te dizer uma coisa...

— Fala, moleque.

— O senhor me conta tantas histórias que me fazem viajar! Queria entrar em uma história, viajar de verdade... — soluçava Tunico.

— Que choro é esse, Tunico? — retrucou Seu João, pai de Tunico, um homem letrado pela vida, pelas suas leituras rotineiras de todas as madrugadas, antes de sair para o trabalho, de suas leituras antes do cochilo do almoço e antes de adormecer.

Seu João, um homem franzino, de um leve bigode, pernas tipo palito, não sabia nem martelar, nem serrar, mas era a alegria do bairro, com suas anedotas sempre na ponta da língua, e por seus comentários sobre qualquer assunto. Do bar da esquina ao mercado do bairro, a legião de amigos só aumentava a cada dia. Na palavra amiga, na simples gorjeta, pagando uma aqui, outra ali, mesmo com o seu curto salário. A arte de viver em harmonia com o seu entorno era a sua lição, passada, todos os dias, a todos os que chegavam perto de seu brilho. A simplicidade de uma vida honesta, mas festeira. Na falta do pergaminho, a leitura era sagrada. Os jornais da cidade, todos, eram rapidamente deglutidos pela sua mente voraz. Os livros se amontoavam em seu quarto. Poder discutir sobre todos os assuntos era o seu maior prazer. Lógico, depois do carinho de sua trabalhadora, braba, mas amada esposa, Maria, a professora.

Dona Maria, professora das escolas do bairro, mãe de quatro filhos, na família, além de ser a dona de casa, era o carpinteiro, eletricista, pedreiro, pintor etc. A sua beleza e sua meiguice eram contrapostas pela sua dureza na conduta da família. "Escreveu, não leu, o pau comeu!", essa era a linha. Mas, na influência do festeiro Tunico, já com a veia esquentada pela contribuição do seu boêmio pai, tinha também a festeira mãe. No carnaval, ela amarrava um travesseiro nas costas, colocava um paletó velho do Seu João, pintava a cara de carvão e saía na folia, como o Corcunda de *Notre Dame*. Tunico, pequeno ainda, ia com ela, com uma corda amarrada em sua cintura, para não se perder entre os foliões. Dona Maria fazia a festa do Telégrafo à Praça da República, centro dos festejos de carnaval, na época. Essa foi a influência carnavalesca na mente de Tunico.

— Pai, é uma viagem longa — falou Tunico, olhando profundamente para o Seu João.

— Pra que lado? Já foste para o Marajó, que é um *bucado* longe.

— É, pai, mas a aventura agora vai ser grande. Mas, prometo ao senhor que volto por cima da carne seca!

    E doía também a lembrança da despedida de Mocinha... a sua pequena namorada das quebradas do Combu, uma ilha em frente a Belém. Cabocla morena, lábios tentadores, cabelos negros descendo por cima de um busto simplesmente perfeito, quadris de uma deusa, a Deusa das Águas, a Iara de seus sonhos, uma obra-prima da Amazônia. Tunico a havia conquistado em uma das festas a que ele ia, do outro lado do rio. Essa iluminada festa, na qual teve a sorte de ser presenteado pelos céus para o convívio com uma deusa, se deu no festival do Camarão, na Comunidade do Periquitaquara, Ilha do Combu. Essa é uma festa que começa com tiros de fogos de artifício, na manhã de sábado, e segue até o final da noite de segunda-feira. Periquitaquara está em um furo de rio que adentra a ilha do Combu, onde o amanhecer, ao som de lindos pássaros, e ao lado de uma deusa, é simplesmente inesquecível. Uma deusa que veio das águas. Sim, Tunico não tinha explicação por ter sido presenteado com tão rara beleza. A contemplação da beleza de Mocinha o fazia viajar na poesia. Em noite de luar, ele, o boto, cantava para a sua sereia, a linda Deusa Iara do Guajará.

Um certo dia, numa noite de luar
Linda sereia desfilava pelas águas do Guajará
Linda sereia, um boto ela encontrou
Tão fogoso e bonito, por ele se encantou
Boto encantado, com seu desejo de amar
Apaixonado a transformou na mais bela e formosa
Deusa Iara do Guajará
E a magia dessa noite de luar
Logo, logo, se espalhou pelas águas do Pará

As promessas continuavam...
— Te prometo o tesouro dos faraós, minha deusa.
— Tunico, te esperarei com a esperança do meu amor — soluçou a doce morena.

A viagem em suas lembranças foi interrompida pelo barulho da tuba caindo, em um grande balanço do navio. Veio então, à tona, que aí estava o motivo de sua grande aventura: o samba, o carnaval, a batucada da vida. A sede da ressaca e o cheiro quente que estava vindo da cozinha do navio o estimularam a sair do camarote para ver onde tinha se metido.

— Cantador, fica aí dentro! — gritou um marinheiro. — Não aparece assim, pois o capitão pode te ver.

— Mas...

— Mas nada! Tens que ficar aí, na moita, até amanhã à noite, quando o Manusertius fará a surpresa ao comandante. E torce para ele te aceitar, pois, senão, tu vais descer no porto mais próximo.

— *Tô* com fome! — falou, entre os dentes, Tunico.

— Traremos comida e uísque, fica calmo!

O aventureiro do Telégrafo deitou e ficou pensando... Será que aqui existe essa história de barril...? Papai me contava umas piadas dessas... Caramba, eu viro o cavalo do cão, mas vou morrer invicto!

Repentinamente, a porta do camarote se abre. É Manusertius, com uma pequena panela e uma garrafa de uísque.

— Cacete, Manu! Já estava morrendo de fome, e agora quase tu me matas de susto!

— Tunico, desejo que as forças dos faraós estejam contigo, pois não depende mais de mim. Olha, o comandante morou algum tempo no Rio e entende bem o português. Como dizem os brasileiros, a bola está contigo!

A fome já tinha ido, e meia garrafa também. "Agora é a hora da onça beber água", pensava Tunico. "Bom", pensava ele, "se o Vavá da Matinha venceu com a música, por que não o Tunico do Telégrafo?" Vavá da Matinha, como era conhecido Osvaldo de Oliveira, era um cantor e compositor que estava fazendo um grande sucesso, na época. Matinha fazia referência ao bairro onde ele morava. Tinha se aventurado para o Rio de janeiro e conseguira um estrondoso sucesso. Era a referência de Tunico, ainda mais que o seu pai falava que ele, Vavá, fazia a maior onda em uma boate no meio de um bosque, onde a poeira levantava.

No tempo da Bandeira Branca
Já cantava Osvaldo Oliveira
Na cabana a poeira levantava
Fervia o amor na gafieira
Bosque Rodrigues Alvez
Floresta imponente e majestosa
Suscita ao seu redor
A esperança de um mundo melhor

Os dedos corriam pelo couro da tuba, enquanto Tunico pensava qual seria a onda que ele teria que fazer para agradar o comandante. Faraó, samba, carnaval, deuses... Hum, talvez por aí... Lembrou como Manusertius, nas conversas molhadas nos bares de Belém, havia lhe contato sobre a cultura egípcia, em que, na arte, pintura ou escultura, existe uma hierarquia na escala das obras, que está relacionada com a importância social. Assim, a figura dos deuses é maior que as do faraó, e este, sempre maior do que o resto dos homens. Ora, o maioral do navio é o comandante, e a apresentação é de samba. Sua Majestade é o Samba, e um rei é superior a um comandante.

Com a noite caindo, na ausência de tormentas, quando o mar é mais calmo que durante a jornada, os marinheiros já tinham preparado a homenagem ao capitão — não do seu aniversário, já que os egípcios não costumam fazer esse festejo. Mas era a 10ª travessia do Atlântico com a mesma tripulação, e o dia que fazia um ano que o Capitão Ibrahim assumira o comando do navio.

— Comandante — tomara a palavra Manusertius —, em sua homenagem, e lembrando esse lindo país, que sempre nos recebe com a alegria de seu povo, apresentamos a magia do carnaval!

Nesse momento, saem, por detrás de uma lona, Tunico, empunhando sua tuba, e dois marinheiros músicos: um, com uma pequena saibit (uma tradicional flauta egípcia), e outro, com uma cítara. Tunico havia passado a noite inteira passando o ritmo, para que os marinheiros o acompanhassem, consumindo uma garrafa de uísque para facilitar a interação do samba com a música dos faraós. E vinha ainda um terceiro marinheiro, Patafaz, um brutamontes, uma espécie de guardião do navio, que teimou em fazer parte do grupo, balançando um sistro (chocalho formado por duas tiras de madeira sustentando umas platinelas). Patafaz havia recebido esse sistro de seu avô, um velho marinheiro de Alexandria; e era usado, segundo os antigos, para expulsar os maus espíritos.

Com uma túnica enrolada na cabeça, como um bom árabe, Tunico meteu a mão no couro da tuba e começou a cantar umas

marchinhas de carnaval: "se a canoa não virá, olê, olê, olá..."
O olhar fixo do Capitão Ibrahim não era nada animador, e Manusertius não sabia o que fazer, percebendo a dureza de seu comandante. Ele falou com os olhos para Tunico, dizendo... "te vira!"

Suando por todos os lados em sua fantasia de árabe sambista, e já quase se melando por baixo, em uma virada artística, que aprendera para desfilar na avenida com a sua escola de samba, engatou o gancho do guindaste no seu cinto e gritou.

— Puxa! Manu do cacete! — Manusertius entendeu a artimanha e puxou o cabo, fazendo Tunico subir lentamente.

Tunico havia planejado uma espécie de saia para a tuba, feita com uns lençóis brancos, que foi aparecendo conforme Tunico subia junto com a tuba. Tunico continuou a cantar enquanto subia, e isso foi fazendo efeito. Aquela ação inesperada fazia uma imagem imponente, com a tuba acima de todos, arregalando os olhos do Capitão Ibrahim. E aí veio a sorte do além... Do nada, cortou o céu, lentamente, um conjunto de estrelas cadentes, ou um resto de meteoro, que fazia uma magnífica cauda reluzente, encantando a todos do navio. Os marinheiros, acostumados a verem estrelas cadentes cortando o céu, jamais tinham visto algo parecido. Um espetáculo que pasmou mesmo o experiente Capitão Ibrahim. Com o coração saindo pela boca, Tunico cantou, ainda pendurado no guincho:

> De mil e uma noites encantadas
> Veio uma luz da imaginação
> Presente de Iara ou Netuno
> Já não sou mais um vagabundo
> Sou mesmo sambista de coração
> Nosso carnaval é uma alegria sem fim
> No rumo do grande Egito
> Faço a festa para o Capitão Ibrahim!

Manusertius aproveitou essa apoteose para evocar ao seu comandante:

— Capitão, vamos fazendo alegria até o nosso porto!

E o capitão completou:

— Rumo ao Egito, com o nosso grande cantador!

Capítulo 3
Alexandria

O balanço do mar era muito leve, estranhou Tunico. As luzes, através da escotilha do camarote, eram, com certeza, de um amanhecer. De tantas madrugadas vividas em sua vida boêmia em Belém, Tunico tinha no astro-rei um grande aliado na busca de novos horizontes. Todo raiar do dia lhe trazia reflexões sobre o futuro, embora vindo de farras, nas quais só o presente fazia sentido.

— Te veste, amigo! — falou em bom tom o seu agora amigo Patafaz, jogando uma veste de marinheiro. — Manusertius me deu a missão de te levar para terra. Essa roupa vai facilitar a liberação do controle do porto. Vamos pra casa!

Descendo a rampa do navio, Tunico se deu conta de que tinha chegado ao Egito. As frases em árabe nas placas do porto e grande parte das pessoas trajando as vestes típicas do mundo árabe fizeram cair a ficha.

— Caramba, Patafaz! — exclamou Tunico. — Não é que chegamos mesmo no Egito?! Que loucura! Queria era que papai estivesse aqui... — falou baixinho Tunico, lembrando-se das palavras de Seu João, com uma lágrima discretamente rolando em seu rosto: "Filho, o Porto de Alexandria foi idealizado pelo grande conquistador da história do mundo, Alexandre Magno, o Grande, que percebeu a estratégica localização e a necessidade desse porto para as suas conquistas. Lembre-se que as conquistas vêm sempre acompanhas de entusiasmo, de luta, garra; mas, como o grande conquistador, não se esqueça de nunca deixar de elaborar a estratégia da conquista. O pensamento arquitetado é o grande suporte da ação do homem."

A mão forte de Patafaz em seu ombro o fez voltar para o calor do porto.

— Vamos, amigo, temos uma bela comida da minha tia nos esperando — falou Patafaz. — Já faz quase um ano que não vejo a minha querida mãe e meus amigos de Alexandria.

Patafaz havia, durante a viagem do navio, contado um pouco de sua vida para Tunico. Ele vinha de uma miscigenação de negro africano com a raça árabe, o que lhe deu a sua grande estatura e a cor de pele beirando o negro. Fora criado nas imediações do Porto de Alexandria pelo irmão de sua mãe, o grande Machicos, uma figura muito querida no porto, pelo jeito brincalhão, sempre amigo, e profundo conhecedor das nuanças do porto. Patafaz teve um período interessante no Porto de Marselha, na França. O velho Machicos conseguira que um antigo amigo francês, marinheiro, levasse Patafaz, em sua juventude, para trabalhar nesse porto. Lá, Patafaz fez história como um homem de grande força física, mas de grande coração, conquistando muitas amizades, as quais lhe renderam muitos trabalhos de bom retorno financeiro, o que lhe possibilitava viver muito bem. Mas seu sangue de marinheiro o levava sempre para aventuras amorosas em torno do porto, o que não tinha possibilidade na vida árabe. Nessa andança, conheceu Josiane, uma francesa vinda dos Alpes, com cabelo sempre curto, no melhor estilo *Moulin Rouge*, charme exuberante e com um traseiro que enlouqueceu Patafaz. O romance durou muito tempo, e, no final dos suspiros de amor, gerou uma bela amizade.

Em sua fase madura, Patafaz, com saudade de sua terra, a qual visitava de vez em quando, resolveu retornar de vez para Alexandria, e convidou Josiane para tentar a vida por lá, já que a vida da noite estava chegando ao fim. Ela sabia fazer umas massas francesas e topou essa nova aventura, entre muitas em sua vida. Patafaz a ajudou a montar uma pequena *pâtisserie* à moda francesa, e deu muito certo. Já Patafaz conseguiu um emprego de marinheiro em um navio, com base no Porto de Alexandria, que levava mercadoria para a América do Sul. Aí, então, conheceu Manusertius e, agora, Tunico.

No meio do caminho para a casa de sua mãe, Patafaz era festejado por muitos. Era um cara boa-praça, herança dos ensinamentos do velho Machicos. Na casa de sua tia, Patafaz tinha um quarto, no fundo, que dividiria agora com o seu protegido, Tunico. A festa de recebimento de Patafaz foi com uma peixada do Mediterrâneo, especialidade de sua tia, D. Yunet, esposa de Machicos, a qual se vestia sempre da maneira tradicional, com cabelos cobertos e sempre de preto. Tunico estranhou não ter nenhuma bebida alcoólica e pouco barulho, o que o incomodou um pouco. Patafaz o instalou em seu quarto e saiu apressado.

— Tunico, fica à vontade, tenho que ver umas coisas. Segura aí esse dinheiro para as despesas. Volto depois — e saiu. Demorou quase três meses para voltar!

Nesse ínterim, Tunico ficou amparado pelos sobrinhos de Patafaz, que começaram a lhe ensinar como falar algumas frases em árabe e a conhecer melhor a cidade de Alexandria, em especial o porto. Com seu jeito engraçado, Tunico fazia a festa da garotada, jogando bola como um bom brasileiro e ensinando a molecada a bater tambor no ritmo de samba. Também conheceu alguns marinheiros aposentados, que lhe falavam muito de Cairo. Cada vez que ouvia histórias de Cairo, das pirâmides, eram o próprio mistério e a magia egípcia que vinham à sua mente. Mas os dias se passavam, e para o que Tunico havia sido convidado, fazer festa no Egito, estava muito longe de acontecer. Começaram a aparecer o tédio e a saudade de Belém, dos amigos e da família, até que Patafaz voltou.

— Caramba, Patafaz do cacete! Isso não se faz! Me abandonaste, seu filho da mãe! — esbravejava Tunico, chutando tudo o que tinha à sua frente.

— Calma, meu amigo — falou tranquilamente Patafaz. — Josiane me pediu para ir ajudá-la em um assunto urgente da família dela, em Marselha. Não tive como te avisar, mas agora está tudo resolvido, e ela trouxe duas primas para conhecer Alexandria. Trouxeram também umas garrafas de *Beaujolais*! Quero ver o carnaval brasileiro na minha terra!

A notícia das primas e do vinho transformou o semblante de Tunico, que abriu o sorriso, já um tanto esquecido.

— Meu parceiro, sabia que não tinhas me esquecido! — gritou Tunico, abraçando fortemente Patafaz. — Marinheiro é marinheiro, e onda é onda! Vamos aos preparativos!

Chegou, atravessou o mar
O samba não pode parar
Pega o pandeiro, arruma um tamborim
No Egito o samba vai ficar assim
O Faraó mandou parar de trabalhar
Neste dia de grande folia
Até Dona Múmia vai se despertar
Vem Cleópatra, vem até a serpente
Vamos brincar com alegria
O porto festeja a sua gente
É carnaval em Alexandria!

Tunico arrumou um burrico para puxar a sua carreata da alegria, da mesma forma que fazia em Belém, durante o carnaval, indo da Praça Brasil à Praça da República, com um barril cheio de batida (cachaça com suco de fruta) na carroça, para a turma não esfriar. Agora, enfim, tinha a oportunidade de usar as garrafas de cachaça que tinha trazido do Brasil, que estavam escondidas desde a sua chegada à Alexandria. Ele preparou dois grandes vasos de barro, típicos nas feiras de Alexandria: um, com suco de tâmara, e o outro, com damasco. Pediu para Patafaz escrever em árabe "farmácia natural". Lógico, pensara Tunico, havia aprendido com D. Yunet que a tâmara era muito boa para hipertensão e diabete, e o damasco, excelente para emagrecer. Agora, com cachaça, ficariam excelentes para a mente. Para beber, pegou os tubos flexíveis de dois velhos narguilés (cachimbos de água utilizados para fumar tabaco aromatizado), e adaptou para sugar os medicamentos dos vasos.

Essa farmácia incrementada passaria despercebida pelas pessoas tradicionais e das autoridades, e faria a alegria dos já amigos de Tunico pelas bandas do porto. Chamou os sobrinhos de Patafaz, que já sabiam o rumo da batida do samba. Mesmo um pouco desengonçados, era do que precisa no momento. Todos munidos de tambores e dos sistros, estavam prontos para a onda.

— Patafaz, cadê as odaliscas francesas? — perguntou Tunico
— Sem musas, não tem carnaval, e elas são a única opção por aqui. Josiane também tem que vir — acrescentou.

Patafaz bateu umas fortes palmas e adentrou, pela porta da cozinha de dona Yunet, as tão esperadas musas francesas: Geniviève, Cristine e a madura, mas ainda bela, Josiane. Tunico quase teve um ataque cardíaco! Embora vestidas sem decotes ou pernas de fora, no estilo árabe de ser, a exuberância de suas formas resplandecia nos tecidos finos e coloridos, que suavemente contornavam os corpos esculturais das primas e da própria Josiane. A maquiagem sutil dava um "toque de Midas" na beleza das deusas. "Sim, deusas", pensou Tunico, "só poderiam ser deusas enviadas por Hator, a deusa do amor, da beleza e da música".

— Patafaz, não são odaliscas, e sim deusas! Deusas do carnaval do Porto de Alexandria! Agora sim, a barca está montada e vamos que vamos! — Tunico pulava de alegria, com o sangue de folião fervendo nas veias.

A princípio, o pessoal do porto não estava entendo nada. Aquela carroça toda enfeitada com medicamentos, uma molecada fazendo um barulho intenso, com tambores e sistros de várias formas. À frente, três lindas mulheres dançando como perfeitas odaliscas, um grandalhão pulando feito um louco e um baixinho com um turbante árabe todo colorido, metendo a mão em um tambor e se esgoelando com umas músicas diferentes, mas animadas. A carreata ia passando pela beirada do porto e arrastando o pessoal consigo. Os medicamentos já iam fazendo efeito, e a festa atingiu o seu auge na pequena feira onde Machicos costuma contar as suas histórias. No Porto de Alexandria, nunca se vira tanta bagunça e alegria misturadas, sem briga ou confusão.

— Tunico, *Mash'Allah*, tu serás um grande vitorioso no Egito! — esbravejou Patafaz, orgulhoso de seu amigo brasileiro — Tu és um predestinado a trazer alegria às pessoas!

— *Mon cheri, mon petit chanteur de mes rêves, viens ici pour me rechauffer*[1] — era Cristine, com a sua sensualidade, feliz com toda aquela arrumação de Tunico, chamando-o para um carinho. Tunico agradeceu aos céus e caiu nos braços da francesa, depois em seu colo, onde passou a noite inteira viajando nas emoções de sua deusa do além-Mediterrâneo.

Já era mais de meio-dia, e Tunico acordou com o cheiro da comida de D. Yunet. Sem abrir os olhos, lembrou-se do cheiro da comida de D. Maria, nas mesmas condições das gloriosas ressacas

---

[1] — Meu querido, meu cantorzinho dos meus sonhos, venha aqui para me aquecer —

de domingo. Rolou na cama e sentiu, agora, o cheiro do amor, deixado por Cristine. Passou a mão e não encontrou nada. Abriu os olhos e viu um papel, escrito em um português rudimentar, na caligrafia de Patafaz.

"Amigo", dizia a escrita, "agradeço a mais grandiosa festa que tive em minha vida. O pessoal do porto jamais vai esquecer. As meninas deixam beijos. Tivemos que sair em um navio que partia cedo para Marselha. Explico depois, voltaremos em breve. Deixo um dinheiro na gaveta para tu te virares".

Foi um balde de água fria nas emoções de Tunico. "Caramba", pensou, "o que terá acontecido? Logo agora que o vento começava a soprar a favor!", lamentou, suspirando ainda o perfume deixado por Cristine.

Os dias se passaram. Novamente, alguns meses, e nada de notícias de Patafaz. A situação ficou mais difícil quando D. Yunet ficou doente e teve que ir para uma cidade do interior onde tinha gente da família que podia cuidar dela.

— Meu filho — falou D. Yunet —, tenho que ir, pois estou doente e preciso de alguém para cuidar de mim. O Machicos já não anda mais, e nós vamos voltar para a nossa cidade natal. Também estamos vendendo a casa, para ajudar na mudança e arrumar a nossa casinha no interior. Você deve procurar o pessoal do porto para ver onde morar, ou você volta para a sua terra, pois Patafaz não vai voltar tão cedo, devido a algumas complicações com a família de Josiane. Que os céus te protejam.

Tunico, vendo-se em uma situação também difícil, pensou: "Voltar para o Brasil, sem nada? E minhas promessas para o papai e Mocinha? Não, não pode ser". Rodou ainda alguns dias pelo porto, conversando com os mais velhos para tirar alguma sabedoria e encontrar um rumo. Então, vieram à sua mente muitas conversas que tivera sobre Cairo. "Sim, é pra lá que eu vou", falou consigo mesmo. "É a capital, lá deve ter mais oportunidades".

Tunico se sentou na beira do cais do porto. Era um pôr do sol majestoso, mas misterioso. A brisa do final da tarde beijava levemente o seu rosto. Baixou a cabeça, levando as mãos ao rosto e pensou: "Onde eu me meti?... Que vou fazer?..." Lembrou as sábias palavras de seu velho amigo pai:

"Meu filho, na vida tu terás algumas decepções, não importa o rumo, elas sempre estarão presentes, não tem como escapar. No fundo, são oportunidades que Deus nos coloca para podermos crescer na vida, crescer espiritualmente, crescer como homem, crescer para a própria vida."

Tunico, então, se lembrou de uma mensagem que seu pai lhe escrevera, e que tinha dito para ler quando estivesse angustiado, sem saber o que fazer. Procurou em sua bolsa a mensagem, ainda não lida, que dizia:

Vida.
Filho você já parou um pouco para pensar,
para sentir no imo o que é a vida?
Não?
Vida, meu filho, não é apenas viver...
Vida é o amor, a tristeza, felicidade, sofrimento.
É um ideal.
Uma caixa de surpresas, que nós mesmo construímos,
onde nos deixamos levar por grandiosos devaneios.
A vida, meu filho, não acaba na morte.
A vida somente termina quando você se acaba.
Quando morre dentro de si mesmo,
quando se estarrece no meio de tudo.
Não deixando um silêncio maior para voltar às emanações.
Vida, meu filho, não é apenas o cotidiano,
o desabrochar de novos dias.
Ela está acima de tudo.
A vida não está presente apenas nos belos momentos,

nas alegrias.
Está presente também na tristeza, na dor,
no sorriso de uma criança, no cochilar de um vovô,
no tropeço, na subida, na queda.
E muito mais intensamente no amor.
Mas não no amor falso, sujo, egoísta, medíocre,
mas no amor verdade, no amor fraternidade,
na compreensão, no amor, amor.
Vida, meu filho, não tem assomação.
Pode não existir em um movimentado recinto,
e estar presente ardorosamente em um pequeno aperto de mão,
em um olhar.
A vida é tomada de maneira diferente entre as pessoas,
mas seu sentimento é um só.
Algo que penetra silenciosamente em nosso ser,
mas que pode fugir de súbito,
quando você não se encontra consigo mesmo.
Para se viver, meu filho, é preciso saber o que é a vida.
E para saber o que é a vida, é preciso não morrer.
Não morrer antes de viver, não morrer dentro do seu coração.
Ter amor para dar.
Se você não se dá amor, vá preparando seu funeral,
pois a vida está contida no amor, ligada ao amor.
E sem o amor, é triste, meu filho: você morreu.
Viva a sua vida com amor.
Vá à luta!

Tunico enxugou as lágrimas e exclamou:

— Cairo, aí vou eu!

Capítulo 4
Chegada ao Cairo

Apesar de apenas cerca de 220 km, o velho ônibus levou muitas horas de Alexandria para o Cairo. Além de lento, parou muito ao longo caminho. Tunico se lembrou das viagens que fazia no interior do Pará. Não era tão diferente. Mesmo em distâncias mais curtas, eram eternas as viagens pelo interior do Pará, sempre em busca de aventuras, em especial nos meses de círios, quando o profano sempre estava à frente das crenças religiosas. Mas ele e a sua boa turma nunca deixaram a fé de lado.

— Acorda! — bradou, em bom tom, o responsável pelo ônibus. Tinha chegado, enfim, ao Cairo.

Era cedo da manhã, mas, no centro da cidade, o movimento era intenso. E o clarão do sol, já forte, brilhava em contraste com o fosco tom da areia do deserto, não muito longe. Lambendo os beiços, sentindo a fina areia, que vinha dar o gosto de que algo diferente estava por vir, caminhou sem rumo, em ziguezague, de quase encontros furtivos na multidão.

— *Insha'Allah*! — falou consigo mesmo, isso é, que o bom Deus me proteja.

Deparou-se com o mercado Khan el Khalili, um lindo e misterioso mundo de pequenas lojas espalhadas por um grande entrelaçado de ruelas. Um espaço com mais de mil anos, onde tudo se encontra. Odores diversos, por vezes, lembravam algo distante, como o cominho e a cidreira, enquanto outros que só aguçavam a sua mente, na busca de algo que não sabia o que era.

Um grande empurrão o levou para uma loja bem diferente. Duas estátuas negras, em uma mistura de gente com cachorro e com chifres, segurando uma espécie de cajado, olhavam-no fixamente. Eram estátuas? Balançou para os dois lados, e os olhos de ambas as estátuas, ou seres, o seguiam... O mistério pareceu chegar ao fim quando um grande e barrigudo barbudo arredou uma das estátuas para poder passar. Com a sua túnica incrivelmente branca e um turbante na cabeça, com uma espécie de corda preta, que não tinha um cheiro muito agradável, o grande e estranho homem lhe dirigiu a palavra.

— Bem-vindo à nossa casa! Estávamos lhe vendo vagar pelo nosso lugar, temos certeza de que é aqui que você deve encontrar o que procura.

— Bom... — gaguejou Tunico.

— Se procura negócio, faremos multiplicar as suas posses. Aqui temos os caminhos do sucesso! Que procura, homem?

— Venho de Alexandria. Tenho certeza de que o Cairo pode me dar muito mais do que ganhei no porto — soltou Tunico, mais tranquilo, estufando o peito, e já achando que a sorte estava batendo à sua porta.

Na parede da loja, Tunico viu uns pratos e chinelas que lembravam muito o que se tinha lá no seu Ver-o-Peso, em sua terra natal, Belém. Sentiu, assim, como sugeria todo o clima do mercado, que se falasse algo sobre produtos da Amazônia, e que, se isso se encaixasse com o que estava vendo, poderia dar em algo interessante.

— Sou grande comerciante de coisas do outro lado do oceano, na grande Amazônia, conhece?

— Que maravilha! Sente-se, grande negociador dos outros mares. O negócio corre em nossas veias e você veio no lugar certo. Estamos em busca de novos produtos e podemos fazer grandes trocas — Kurrahmar, ofereça algo ao nosso amigo — pediu a outro árabe, que acompanhava atentamente a conversa.

— Vamos quebrar as barreiras e servir a força do Nilo para o nosso convidado.

Kurrahmar era uma figura muita estranha. Olhos afundados no rosto, com enormes manchas escuras, como se não dormisse há muitos dias, e um bigode espetado, descendo pelos cantos da boca. Entrou por uma porta e voltou com uma enorme moringa, enfiada em uma espécie de vaso, parecido com os que serviam chá gelado pelas ruas.

— Venho da região do Nilo. Essa bebida, aqui, afasta as pragas e é especial para iniciar grande relação de negócio — disse o grande bigodudo, já servindo um grande copo.

Era forte! Tinha álcool! Como? No meio de uma loja do mercado do Cairo?

— Não se preocupe, amigo. É a força das águas sagradas — e tomou um grande gole também.

Tunico foi nessa, sempre com o cuidado de manter a sua sacola, com todas as suas economias, bem próxima ao seu corpo, mas já se sentindo em casa com os novos parceiros. Mas, volta e meia, as estátuas negras olhavam para ele...

A conversa foi se alongando, tendo como tema central a negociação de mercadorias que Tunico poderia trazer da Amazônia, e a facilidade, que os parceiros lhe apresentavam, de levar mercadorias árabes para o outro lado do mar. Parecia que o destino estava começando a sorrir para nosso herói. Nos cálculos efetuados, e com base naquilo de que Tunico dispunha, dava realmente para iniciar uma negociação, contando também com o bom trâmite que tinha pelo Porto de Alexandria, por onde poderia fazer passarem as mercadorias.

— Amigo, sei que o seu recurso não é tão grande — comentou o árabe barrigudo —, mas é suficiente para iniciar, e vamos apostar nisso, pois, sem você, jamais poderíamos chegar a produtos tão especiais, como esses da floresta do outro mar. Vamos colocar nosso dinheiro em peso nesse negócio. Viva a floresta! — e novamente a força das águas se derramava na rodada de negociação.

CHEGADA AO CAIRO

Tunico abriu os olhos e não viu mais os árabes, nem as estátuas negras. Estava muito escuro, o chão estava frio, e uma grande dor de cabeça martelava as suas têmporas. Percebeu que estava estirado no chão úmido, e sua sacola do acesso, totalmente vazia. Caiu na real de que tinha se dado mal, muito mal. Não conseguia se levantar, pois estava muito tonto, até que viu os chifres se aproximarem, e uma cajadada o levou a nocaute por completo.

Muito tempo depois, os sentidos começam a retornar, mas ele estava com medo de abrir os olhos e encontrar novamente as estátuas negras. Cerrou ainda mais olhos, e a imagem da proteção de Dona Maria e Seu João, seus pais, vieram à sua mente, como a tábua de salvação em um momento tão difícil. Ao menos uma coisa o acalmava: não tinha mais frio. Um cobertor aconchegante envolvia o seu corpo, trazendo-lhe a coragem para abrir os olhos.

Viu uma prateleira plena de vasos, de diferentes tamanhos e cores. Os vasos eram de vidro e madeira e preenchidos, parcialmente, com areia. Os raios do solar penetravam pelas frestas e refletiam nos vasos, espalhando figuras reluzentes pelas paredes do lugar onde estava. Tunico pensou: "Será que morri e estou entrando no céu?"

Nesse momento, um som diferente surgiu, como uma rajada de vento assobiando roucamente pelo ar, e clarões repentinos entravam por uma porta semiaberta, dando a impressão de que algo estava pegando fogo. Ou, quem sabe, era o dragão de São Jorge acordando no céu? Talvez tivesse morrido mesmo.

Foi em direção à porta e viu algo muito diferente: um velho senhor, de grosso bigode branco, uma túnica vermelha e um turbante cinza na cabeça, girando um tubo de vidro, no meio de uma tocha de fogo. O velho começou a girar o fino tubo com uma mão, enquanto o espetava com um pequeno bastão com a outra mão, com a tocha a pleno fogo no centro. De repente, foi surgindo a forma de um vaso, semelhante a um funil, como os outros que estavam na prateleira. O velho levantou os olhos e falou lentamente:

— Chegue mais, bom homem. Bem-vindo à oficina de ampulhetas.

Capítulo 5
O Mestre Ampulheteiro

O velho senhor de grosso bigode branco lentamente apagou a tocha e colocou a sua mais recente obra de vidro em cima da mesa. Um vaso de vidro, parecendo um candeeiro (como assim imaginou Tunico, lembrando-se das noites de samba no Marajó, à luz do candeeiro, acompanhado de sua companheira tuba, de uma cachacinha e um tira-gosto de taperebá).

— Está bem? Por pouco você não foi passear com os deuses, no infinito do deserto — falou o velho, com uma voz rouca.

— Sim, o que aconteceu? Só me lembro de estátuas negras e mais nada...

— Eu encontrei você moribundo, aqui na frente da loja, e cuidei para que você não fosse embora, ainda muito cedo para sua mocidade.

— Muito obrigado, senhor. O senhor me salvou. Eu me chamo Tunico. Qual o seu nome?

— Me chame somente de Garciouh.

— Senhor Garciouh, o que posso fazer para retribuir tão grande generosidade para comigo? — disse Tunico, caindo de joelhos, diante do velho árabe.

— Estou muito fraco para tocar sozinho a loja e a oficina, você poderia me ajudar. Poderia passar um tempo por aqui, e eu lhe pagaria pelo serviço. Caso você goste do serviço, pode ir ficando até que venha algum desígnio dos céus.

— Mas eu não sei de nada do que o senhor faz. O que é esse vaso?

— Meu filho, isso é uma ampulheta. É um antigo relógio egípcio, que ainda é usado por pessoas tradicionais, ou mesmo para servir de decoração. Na realidade, é um medidor de tempo para algumas atividades. Conforme a forma e o tamanho dos cones de vidro, a areia gasta um tempo para passar de um lado para o outro, determinando o período a ser medido. Posso lhe ensinar esse ofício.

— Nossa! Com grande honra serei seu discípulo, meu Mestre Ampulheteiro! — exclamou com emoção Tunico.

De areia, vidro e pau
Venha fazer o tempo
Às vezes de metal
E nunca será um tormento

E o tempo passou. No início, Tunico trabalhou nas vendas da loja, se familiarizando com os tamanhos e as formas das ampulhetas, e com o tempo que elas marcavam. Pouco a pouco, ia criando a lábia para a venda das ampulhetas, para os tradicionais árabes e para alguns turistas em visita ao Cairo. Mas o grande desafio era mesmo aprender a fazer as ampulhetas. Já colecionava várias queimaduras e muitos cortes nas mãos, tentando reproduzir a arte do Mestre Ampulheteiro.

— Mestre, não consigo!!! — gritou um dia, nervosamente, Tunico. — Jamais vou conseguir fazer uma ampulheta como o senhor faz! — e espatifou na parede a ampulheta que estava tentando fazer.

O velho Mestre Ampulheteiro calmamente se acomodou em sua cadeira de trabalho, olhou firmemente para Tunico e falou:

— O querer fazer com a alma é o segredo. O querer fazer pelo simples fato de se concluir algo não lhe levará nunca ao sucesso.

Ponha amor na sua vida
Ponha paz no seu coração
Cante a canção preferida
Ajude sempre o seu irmão
Desfrute do querer de uma paixão
Olhe pra frente com alegria
Coloque as palavras com emoção
Mas com sabedoria e harmonia
Não queira o querer por querer
Faça suas ações com calma
Não se iluda com o poder
Faça sempre com a alma

 Tunico passou a noite refletindo sobre as palavras do velho Mestre. Quando dormiu, sonhou com um carrossel reluzente, guiado por anjos, que trazia uma ampulheta repleta de ouro. A ampulheta lhe era ofertada com a chave de sucesso para a sua vida.

 Ele contou o sonho para o Mestre Ampulheteiro, que disse:

 — Filho, o destino não nos pertence, mas podemos ajudar os deuses a nos guiar, levando as nossas vidas com amor e querendo fazer sempre com a alma.

 Com lágrimas molhando a sua alma, Tunico deu um beijo carinhoso na face do velho Mestre Ampulheteiro e balbuciou:

 — Obrigado, Mestre.

 Como em um passe de mágica, Tunico começou a produzir ampulhetas que eram claramente a continuação da arte do Mestre Ampulheteiro. Feliz, começaram a sair lindas ampulhetas, porém, todas com hastes em madeira. As ampulhetas com hastes metálicas, que eram apenas alguns exemplares na prateleira da loja, nunca lhe tinham sido ensinadas pelo Mestre.

 — Mestre, e essa ampulheta com haste metálica? Nunca o vi fazer.

— Filho, o material metálico não está mais disponível para fundir e fazer a barra para a ampulheta. O último material disponível está naquele velho baú, mas você só poderá usar depois de minha viagem eterna à morada dos deuses. Agora, vou lhe ensinar essa arte, fundindo a barra desta ampulheta existente e a refazendo.

Assim se fez, e a haste foi fundida e refeita diversas vezes, até que Tunico teve consigo a arte da ampulheta completa. Feliz, Tunico se esmerou para deixar a ampulheta com haste metálica, um tipo de bronze, como um exemplar de destaque na loja.

Em uma bela manhã, o amanhecer foi diferente, com os raios do sol entrando pelas frestas em um dourado tão reluzente quanto o sonho que Tunico tivera, tempos atrás. Esse quadro trouxe uma emoção inexplicável, que o fez chorar.

Nesse estado de ânimo, ele foi ao quarto do Mestre para descrever essa visão. Porém, Tunico se deparou, para a sua tristeza, com corpo sem vida do Mestre Ampulheteiro. O velho Mestre estava com um rosto sereno, parecendo estar sorrindo, e tinha, em uma das mãos, a chave do velho baú, envolta em um velho papiro egípcio, que dizia: "O material é seu, e o sucesso também. Obrigado por me deixar ir em paz, com a minha missão cumprida".

Tunico levou o corpo do velho Mestre para um túmulo na Cidade dos Mortos, como o Mestre o havia orientado para esse momento. Ao retornar para a loja, abriu o baú, que continha um testamento, no qual o Mestre lhe deixava a loja. Debaixo do testamento, havia uma sacola preta que guardava o material metálico para confeccionar a haste da ampulheta, como o Mestre lhe tinha dito. Porém, no testamento dizia que o uso desse material seria somente quando os deuses permitissem. Ele iria saber disso no momento certo.

Capítulo 6
A Grande Sorte

Com o passar do tempo, Tunico se esmerava na arte de fazer ampulheta, tendo dominado, após dois anos de trabalho, a arte do Mestre Garciouh e ter conquistado a freguesia de seu querido Velho Ampulheteiro. Mas os tempos eram difíceis, a freguesia do Velho Mestre era constituída de antigos egípcios, que, pouco a pouco, não circulavam mais pelo bairro da loja, e a ampulheta já não era um item que os egípcios tomavam como objeto de presente. Também os turistas tinham rareado muito, além da dificuldade de a loja ser localizada em um bairro mais afastado.

Muitas ideias vinham e iam pela sua mente na análise do que fazer para se sustentar. Vender a loja? Mas se tratava de uma antiga casa, já bem deteriorada, não valeria grande coisa e lhe incomodava muito abandonar o velho templo do Mestre Garciouh, quem lhe salvou a vida e lhe ensinou uma arte, que, no momento, era o seu ganha pão.

— Saqqara! Guia-me! — bravejou Tunico, olhando para a pequena estátua de madeira em forma de um pássaro, feita pelo Mestre Garciouh.

O Mestre havia feito essa escultura em réplica ao pássaro de Saqqara, um objeto que fora encontrado próximo à Saqqara, um local misterioso a 30 km de Cairo, onde estão, provavelmente, as primeiras pirâmides do Egito. O objeto se tornou uma peça de museu. Esse pássaro também se assemelhava a um avião, e esse era o fascínio de Mestre Garciouh. Ele sonhara com uma ampulheta dourada marcando o tempo necessário para que um avião, na forma do pássaro, pudesse alçar voo, estando o avião na mesma velocidade das rajadas habituais dos ventos do deserto. Mestre Garciouh fez então uma réplica do pássaro, afirmando que ele traria sorte para a loja, mas nunca fez a ampulheta dourada, o que também intrigava Tunico.

— Saqqara! Guia-me! — gritou novamente Tunico, com uma pequena gota de lágrima molhando a sua face.

Seu olhar ia do chão ao teto da loja, passando pela estátua do pássaro avião, que parecia lhe seguir... E nosso guerreiro Tunico adormeceu sobre o tapete persa que ficava no centro da loja, presente de um primo do Mestre Garciouh.

De repente, o pássaro ganhou vida, voando pela loja e dando voltas em torno de duas ampulhetas feitas de uma madeira com tom amarelado. Em seguida, o pássaro saiu voando pela janela da loja indo até a zona central do Cairo, em um local onde o mercado de produtos egípcios era intenso e por onde circulam os turistas e gente de maior poder aquisitivo, de todas as partes das arábias e dos reinos asiáticos.

Nesse local, um sheik árabe, vestido de uma linda túnica incrivelmente branca e com detalhes dourados, passeava acompanhado de um senhor indiano, também muito bem-vestido.

— Sheik, como será a visita do Sudão em seu reinado? Agradá-lo será fundamental para que o negócio do gás seja fechado — disse o indiano para o Sheik.

— Como agradar um Sudão de tantas posses? Nada lhe será novidade — falou pensativo o Sheik.

— Você, amigo de infância do Sudão, um homem afortunado, como poderíamos agradá-lo? — disse o Sheik dirigindo o seu olhar para o indiano.

— Ah, sempre fomos fascinados pelas histórias dos árabes e, em nossas brincadeiras de criança, tínhamos verdadeira adoração pelos relógios de areia — devolveu o indiano. — Brincávamos muito com três relógios de areia que o velho pai do Sudão o tinha presenteado em seu aniversário de 10 anos. Estou mesmo olhando por aqui se encontro um desses relógios, pois quero levar para meu filho, mas teria que ser em um tom amarelado, como eram os relógios com os quais brincávamos no passado. Mas esses relógios quebraram, o que trouxe muita tristeza ao Sudão. E não estou encontrando um relógio de areia nessa cor por aqui — completou o indiano.

— Esses relógios são as ampulhetas, mas são raros os fabricantes que conseguem reproduzir toda a arte da verdadeira ampulheta. As que vemos por aqui são de fabricação mais simples, apenas para serem vendidas a turistas como uma lembrança das arábias — comentou o Sheik.

Nesse momento, o pássaro retornou à loja do Mestre. Tunico, abrindo lentamente os olhos depois do sono profundo, ainda viu o pássaro chegar ao seu lugar.

— Como? Sim, sonhei com o pássaro do Mestre, claro — pensou Tunico, com uma bela pulga atrás da orelha, olhando atentamente para o pássaro, que parecia estar feliz...

Nesse momento, bateram à porta firmemente. Quem será? A noite já vinha caindo e era muito improvável que fosse um cliente a essa hora, e mesmo em outras horas, nesse período de dificuldades.

— Sim, o que deseja? — falou lentamente Tunico ao abrir a porta e deparar-se com um sujeito em um paletó impecável e um pequeno e brilhante bigode, típico dos indianos.

— Viemos seguindo um pássaro que nos chamou a atenção, e ele entrou na sua casa, que vejo ser uma loja ou oficina de ampulhetas. Podemos entrar?

— Claro, estejam à vontade — falou Tunico, deixando entrar o senhor de bigode e um árabe todo imponente, com uma incrível túnica branca.

— Mas... veja, Sheik, aquela estátua... é o mesmo pássaro que seguimos. Isso é intrigante. Senhor, você tem um pássaro parecido com esse em sua casa? Como é o seu nome?

— Eu me chamo Tunico, Mestre Ampulheteiro, para vos servir. Mas não tenho pássaros em casa — se apresentou Tunico, um tanto quanto desconfiado.

— Bom... isso não vem ao caso, mestre, mas estarmos aqui pode representar alguma coisa boa — disse o Sheik, olhando para o indiano e apontado as ampulhetas nas prateleiras.

— Kabir, você é mesmo o grande, você nos fez conhecer uma loja de ampulhetas escondida nessa grande Cairo, e isso me fez lembra o gosto do Sudão pelas ampulhetas.

Kabir, que significa "o grande" em indiano, não perdeu a oportunidade de um grande negociante e soltou a voz.

— São os Deuses, meu caro Sheik! Daqui virá o presente para o Sudão, uma ampulheta dourada! — clamou o indiano, andando na direção de Tunico, abraçando-o firmemente.

— Meu mestre — continuou — precisamos presentear nosso Sudão que visitará o reino do Sheik. Ele admira muito as ampulhetas douradas, mas não encontrei nenhuma no Cairo, e muito menos em sua loja. Você consegue fazer uma? Consegue uma madeira em tom amarelado?

— Madeira não! — falou imponente o Sheik — Pagarei o que for necessário e muito mais se você fizer do material dourado que representa a nobreza! Ouro! Sim, ouro, é isso! Uma ampulheta em ouro e conquistarei o Sudão!

— Mestre, se você conseguir essa proeza, será um homem afortunado, pois preciso concluir os negócios com o Sudão, e esse presente será a chave do sucesso! — concluiu o Sheik, segurando os ombros de Tunico, que estava em estado quase de transe.

— Mestre, as oportunidades aparecem raramente, veja o que é possível. E olhe que o Sudão vem com suas filhas e esposas. Ampulhetas douradas de ouro para toda a família! Sudão feliz e meu reino ainda mais rico com o gás que o Sudão vai comprar! — disse o Sheik, e completou: — Kabir, deixe as suas coordenadas com o mestre e vamos, tenho muitas coisas a preparar para a visita do Sudão.

O Sheik virou as costas e saiu da loja, mas ainda disse:

— Temos apenas uma semana!

O indiano se aproximou de Tunico e falou lentamente:

— Mestre, está em suas mãos. Fique com a paz de *Alláh* — Enquanto saía da loja, pensando em voz alta, disse:

— Essa é uma situação difícil. Vou conseguir os diamantes prometidos pelo meu primo para fazer o presente do Sheik. Esse mestre não vai dar em nada mesmo...

Tunico conseguiu ouvir o homem e pensou: "Que loucura, meu Deus! O que está acontecendo?" E saiu andando a esmo, com as mãos no rosto, rodando pela oficina até esbarrar mais forte na prateleira onde estava Saqqara. A estátua caiu no chão, e o bico do pássaro parecia apontar para algo na loja... Sim, era o baú, aquele do testamento do Mestre Garciouh. Tunico foi até ele, abriu lentamente a tampa e retirou, de dentro dele, uma sacola com peças metálicas. A sacola era preta, por isso não dava para ver o que tinha dentro, mas era algo metálico. De repente, raios iluminaram a oficina, e, logo em seguida, um grande estouro de um trovão ensurdecedor rasgou a noite. Como isso poderia acontecer se a noite estava limpa, sem nuvens?

— O sinal dos Deuses... — balbuciou de maneira trêmula. Abriu a sacola e seus olhos se ofuscaram com o intenso brilho das barras douradas que estavam nela.

— Oh, o grande *Alláh* — gritou Tunico, se esvaindo em lágrimas.

Quando tudo parece perdido
Quando o sol parece não brilhar
Quando se crê não ter um só amigo
A fé e a vontade de viver podem mudar
Tenha sempre a esperança de se encontrar
Não perca a energia que o dia nos traz

Sempre há de se ter uma mão para ajudar
As lágrimas lavarão o caminho para a paz

Sim, os deuses, por meio do emissário em forma de Saqqara, conduziram Tunico para a sua grande chance. Sim, eram barras de ouro que seriam usadas para confeccionar as ampulhetas douradas, os presentes do Sheik para o Sudão.

Ainda nessa mesma noite, Tunico passou a fazer as ampulhetas, uma grande, imponente, que seria o presente do Sudão. Com as peças menores, faria ampulhetas pequenas até usar todas as barras de ouro. Foram seis dias de intenso trabalho, com os olhos diante do fogo para moldar o vidro das ampulhetas, conformar o ouro e finalizar todas as ampulhetas possíveis. Terminou, então, a grande ampulheta e mais sete outras menores.

No sétimo dia, foi ao luxuoso palácio do Sheik no Cairo, uma espécie de consulado do reino do Sheik. Lá, ele se identificou como um mestre artesão a mando do Sheik e foi conduzido ao mesmo.

— Kabir, veja quem nos visita. Nosso mestre que perdeu a sua oportunidade. Veio à procura de trabalho? — falou sério o Sheik — Kabir me disse de sua impossibilidade de fazer as ampulhetas, o que eu já suspeitava. Diga: o que deseja?

Tunico se aproximou do Sheik e colocou, em cima da magnífica mesa em madeira e vidro, com detalhes em ouro, o seu baú, que guardara, até então, as barras de ouro do Mestre Garciouh. Era um baú, ao mesmo tempo, simples e misterioso. Fez-se um enorme silêncio. Por alguns instantes, o tempo parecia ter parado de escoar...

— Uma surpresa, mestre? — sorrindo, Kabir falou em sussurro à Tunico — Nossos diamantes não servirão para serem gravados na madeira de suas ampulhetas — ironizou.

— Meu nobre Sheik, abra — apontou Tunico para o baú, com as duas mãos em forma de súplica aos céus.

O Sheik ficou incrédulo ao abrir o baú.

— Que maravilha! Estupendo! Magnífico! — falava empolgado o Sheik — A grande ampulheta em ouro para o Sudão e as pequenas para as sete filhas do Sudão! Tudo em ouro! Uma obra estupenda, maravilhosa! Magnificamente bem planejado, parabéns!

Kabir, incrédulo, ficou parado como uma estátua, mas somente por pouco segundos, pois sua alma de negociante falava mais alto.

— Grande mestre! Finalmente conseguimos chegar ao final, como planejado! — gritou com toda a falsidade que tinha no peito — Pronto! Eis o nosso presente para abrir a chave dos negócios do Sudão!

— Muito bem, Kabir, belo trabalho. Vamos pagar ao Mestre Ampulheteiro o que você deve ter tratado com ele — falou o Sheik.

— Peça uma boa soma que eu passo pro Sheik. Essa é a sua hora, e eu saio também por cima — sussurrou no ouvido de Tunico.

Por um segundo, Tunico viu a imagem do Mestre Garciouh, com Saqqara ao ombro, lhe sorrindo.

— Quero, em ouro, o peso do Sudão e de suas filhas — falou, entre os dentes, Tunico.

— Grande maldito! Isso deve dar cerca uns 120 kg! Você ficou maluco? Quase 40 milhões de dólares!

— É meu preço — falou Tunico, já fechando o baú.

Nesse momento, Kabir correu ao ouvido do Sheik e passou a informação. O Sheik virou e disse em bom tom.

— Vamos pagar o que nos é pedido! E se fecharmos os negócios com o Sudão, pagaremos também o peso de todas as suas filhas em ouro!

Na noite seguinte, o Sudão, maravilhado com os presentes para si e para as suas filhas, fechou um negócio das arábias com o Sheik, envolvendo venda de petróleo e de gás, além da aquisição de companhias indianas. Essa foi uma das maiores transações financeiras do mundo árabe.

A grande sorte aconteceu!

Surgiu um milionário Mestre Ampulheteiro!

Capítulo 7
O grande fdião

Com a influência do Sheik, Tunico tinha conseguido regularizar a sua fortuna em aplicações garantidas e tinha um rendimento de um jovem milionário árabe, nada mal para um Mestre Ampulheteiro.

E agora? O que fazer? De imediato, Tunico fez da oficina de Mestre Garciouh um santuário para as suas preces, tendo reformado completamente a casa. A loja, portanto, fechada, Ampulheteiro de férias, ou, quem sabe, aposentado. Pensou em voltar ao Brasil, mas, logo em seguida, vendo toda a sua trajetória sofrida no Egito, decidiu por passar algum tempo vivendo da luxúria no próprio Egito, só pra ver o que era esse negócio de ser rico.

Mas o que faz um rico egípcio? "Deve fazer festa", pensou. E então começou a planejar uma boa e grande onda! Sim a onda era como os parceiros de Belém chamavam as aventuras e as festas. E ele repetia na sua mente, e, pouco a pouco, o som começava a aumentar, saindo de sua garganta.

— Onda é onda! Onda é onda!!!!!!

Na manhã seguinte, já estava em Alexandria, à procura do parceiro Patafaz. Onde estaria? Como encontrá-lo? Não tinha outra: na confusão, encontraria Patafaz. Arrumou um grande tambor e, no meio da feira de Alexandria, começou a bater forte e a cantar um samba da hora, no improviso, como nas rodadas do Telégrafo, chamando a atenção de todos.

Isso é samba gente
Esquenta o couro com o som do outro
Faz a cabrocha ficar quente
Alegria que não se paga nem com ouro
Tira, oh minha flor, seu véu
Não fique triste, não te amedronta
Nosso limite é o céu
Meu amigo, vamos nessa onda

 Nisso, enquanto nosso herói estava rodopiando feito um peru de carimbó, apareceu, vindo do nada, um grande chafardel, com cordeiros, cabras, cabritos, bodes e todos os berrantes de direito, derrubando tudo, causando o maior distúrbio na feira. Quando tudo pareceu se acalmar, Tunico siflou seu apito de samba o mais alto possível e lá se vem uma cáfila muito louca. Os camelos, cheios de sinos e de adereços pendurados, geravam um grande barulho e derrubavam as barracas da feira, uma loucura!

 Quando o povo foi na direção de Tunico, o coordenador geral da feira apareceu e, debaixo de uma túnica branquíssima, falou em alto tom:

 — Calma! Tenho a relação de todos os feirantes e um cálculo do valor das estruturas das barracas e das mercadorias. Nosso nobre amigo já passou o recurso para indenizar a todos com o triplo do valor das perdas e mais outro valor equivalente a três meses de arrecadação de todos.

 Tunico já havia combinado essa trama com o auxílio do fiel escudeiro Patafaz, que conhecia muito bem os feirantes e o seu coordenador. Dinheiro não era problema, mas pra fazer um carnaval precisava ter gente. E como agora ninguém na feira tinha como trabalhar, ele propôs:

 — Gente amiga! Tudo está certo, correto? — falou Tunico.

 — Tuuuudooo!! — responderam, em coro, os feirantes, já com dinheiro na mão, felizes pra lá da conta.

— Olha aí! Tenho mais grana aqui para seguirmos em um grande cortejo pelas ruas de Alexandria ao som dessa banca de malucos que contratei em Marselha. Todo mundo dança e canta como quiser!!

A gritaria era geral, e a banda do pedaço, filhos de brasileiros que moravam em Marselha, os Saphadinhos, chegou e mandou ver de *Garota de Ipanema* à carimbó paraense. Essa banda, entre outros músicos, era composta por dois trompetistas, mestre Jarllies e Charecas; um tecladista, chamado carinhosamente de maestro Indius; um saxofonista, de nome Phabricius; e o cantor, um rouxinol chamado de Lhaércius. Esse mestre Jarllies tinha também um dom do desenho e da pintura, sendo um artista nato e de lindo coração. Ele, de quebra, trouxe outro artista para fazer umas caricaturas para Tunico, o internacional artista dos traços, Cliffs, que ainda gostava de fazer um som com seu amado violão. Turma maravilhosa!

O cortejo seguiu na maior bagunça, festiva e alegre, já registrada na história de Alexandria.

No dia seguinte, a ressaca era medonha.

— Patafaz, vamos fazer uma avenida do samba no deserto — murmurou Tunico para seu amigo, que estava jogado em um tapete da casa.

— Meu parceiro, tu que mandas! Vamos nessa!

Partiram para o Cairo. Na mente criativa de Tunico, estava o sonho de fazer uma enorme onda no deserto. E ele tinha duas pessoas chaves. Fernandinhos, um enorme árabe com uma grande barriga, que seria, então, pensou ele, o rei Momo! Ah... e a linda e maravilhosa Zildoca, uma brasileira, conterrânea, que conheceu no Egito e que ganhava a vida como dançarina da dança do ventre. Ela estava há muito tempo no Egito, tinha mesmo um sutil sotaque árabe, mas não largara jamais os palavreados de sua terra natal.

— Égua, Tunico! — exclamou a linda mariposa paraense das areias árabes — *Tô* dentro, meu *manu*! E tem mais, vou levar todas as minhas dançarinas, que estão cansadas dessas turnês pra turistas. Elas piram quando conto das ondas que a gente fazia no

Telégrafo. Tá fechado! Vou já contar para a Nazinhas — que era uma maravilhosa e linda amiga das ondas.

— Oh, meu grande amigo, nem acredito que vamos fazer essa aventura! — falou sorrindo o grande Fernandinhos, passando a mão na sua barriga — E o que teremos pra comer nessa onda?

Tunico passou para o planejamento, sempre com o seu fiel escudeiro Patafaz na execução das tarefas. A ideia era organizar um comboio de caminhonetes pra levar a galera, composta de amigos, comerciantes, políticos do Cairo e até mesmo inimigos! Só pra matar os caras de inveja do poder da grana do nosso agora Mestre e poderoso Ampulheteiro.

Para o palco da grande festa, foi escolhido um antigo oásis, usado para levar turistas para conhecer o deserto. Mas foi preciso fazer algumas adaptações. Como fazer uma passarela do samba com tantos morros de areia? Não tinha como. Então era preciso aproveitar uma área plana, que era usada para a reunião dos turistas e, nela, a galera desfilaria em um grande círculo. No entorno, as barracas de comida típica árabe para os eventos turísticos seriam transformadas em bases de fornecimento de birita e de tira-gostos. Um enorme gerador diesel faria o fornecimento de energia para o sistema de som, para a iluminação e para os refrigeradores de cerveja, vindas de Bruxelas, e de vinhos, vindos de Lyon, o Beaujolais Nouveau, pois era o mês de outubro, quando esse vinho fazia a festa no centro-oeste da França. Sim, Lyon, onde o nosso herói passara alguns dias, tendo sido levado pelos seus amigos franceses.

Em Lyon, conhecera um brasileiro, um goiano de nome Robertus, que era um grande artista na confecção de joias, mas era mais brilhante ainda para arrumar as maravilhosas ondas *brésiliennes*. Ele era dono de um café-teatro, além de exímio percussionista e, com isso, fazia a alegria entre os *traboules* do Vieux Lyon, as passarelas, ou becos, como ele falava, que foram, outrora, os caminhos da resistência francesa durante a Segunda Guerra Mundial. Robertus tinha o canal para o fornecimento do Beaujolais! E mais músicos, já que os Saphadinhos já tinham retornado à Marselha, para os compromissos agendados. Então Robertus contratou três *cabocos* da pesada, um cavaco e voz, Rhômulus Cacus; um tecladista, guitarrista, banjista, tudo!, chamado de Zhecas; dois cavaquinhistas de excelência, Estephus e Robsononius; um banjista, Robertinhus; e um grande e maravilhoso cantor, muito conhecido internacionalmente, chamado de Thacius Villarius. Essa turma, além de músicos maravilhosos, eram pessoas do bem, de grande coração. Contratou também uma bateria de escola de samba, diretamente de Belém, comandada pelo internacional Mestre *Midnight*, que trouxe um grande naipe de cantores, o seu talentoso irmão, o maravilhoso cantor de samba *Midday*, a majestade do samba, Sabiás, e, para manter a ordem, o querido Moscas.

A cerveja foi trazida em grande toneis que foram interligadas ao sistema de tubulação que vinha do poço do oásis. Ora a água, um bem precioso naquele mundo de areia, era... salgada! Isso sempre intrigou Tunico. Caramba, quando se acha água, ela é ainda salgada! Bom, nessa festa seria cerveja!

A galera, na espera do início da grande festa, estava ansiosa para o grito de vamos que vamos de Tunico. Mas, no carnaval, o comandante é o Rei Momo. E nisso, entra soberano, no palco de areia, o nosso Grande Fernandinhos, com os seus passinhos curtos, rodopiando, com o seu sorriso inconfundível. Chegou e, com a batuta poderosa, bateu forte no chão e gritou:

— Onda é onda!

Nisso, a turma de Patafaz acionou o foguetório, fazendo um enorme barulho e com muita fumaça colorida. E surgindo da fumaça apareceu, conduzida pelo Mestre Coluridus, a linda e fogosa Zildoca, rebolando e tremendo o ventre como nunca, numa mistura de dança do ventre com samba e carimbó, uma total loucura deslumbrante, levando a galera presente ao delírio. E a gritaria aumentou quando entraram as dançarinas da turma da Zildoca e Nazinhas, transvestidas como passistas cariocas, uma mais linda do que a outra, extravasando toda a sensualidade reprimida da vida árabe.

Mestre Coluridus, que chamava a nossa heroína Zildoca de Jaguatirica, era uma pessoa iluminada, um poeta das arábias, que levava muitas alegrias a todos que o conheciam, por meio de sua irreverência e de sua poesia encantadora. Um enorme coração, que Deus colou na terra para nos colorir de momentos felizes. Assim como outro poeta inglês, David Rocks, muito amigo da turma.

E então, Patafaz, com uma enorme baqueta, bate com força uma grande chapa para um estrondoso som, dizendo que "agora valia tudo". E a festa foi até o amanhecer.

Todos estavam melados na areia, com o sol banhando os corpos nus. Tunico olhou de canto para sua querida parceira Zildoca e balbuciou:

— Onda é onda...

Capítulo 8
A vingança de Mr. Leg

O nosso agora milionário Ampulheteiro, depois de tantas ondas e folias pelo Egito, tinha decido ficar mais um pouco por essas bandas, tratando de alguns negócios, que tinham mais o cunho de ajudar os irmãos de grandes jornadas. Mas, claro, sem queimar em vão a fortuna originada, com certeza, pelas mãos ágeis, pela mente esplendorosa e pelo coração do tamanho das pirâmides egípcias do Mestre Ampulheteiro Garciouh.

Devido ao seu sangue ribeirinho e amazônida, ele tinha então migrado para a cidade de Suez. Queria ver o rio-mar aberto, como em suas queridas Baias do Guajará e do Marajó. A Baia do Guajará é formada diante da sua amada cidade de Belém, no estado do Pará, Brasil, recebendo águas de grandes rios, como o Guamá, Moju, Acará e preparando a entrada para a majestosa Baia de Marajó. Essa se agiganta ainda mais com a chegada das águas do Rio Tocantins e mesmo das águas do imponente Rio Amazonas, que contorna a Ilha de Marajó, a maior ilha semifluvial do mundo. De um lado, o Rio Amazonas; e, de outro, o oceano Atlântico, com toda a sua costa leste banhada pela Baía do Marajó.

Em sua juventude, Tunico tinha realizado a travessia de Belém à cidade de Soure, na Ilha de Marajó, em um caiaque, aventura essa comandada pelo seu grande parceiro de aventuras, o querido Patote. O grande Patote sempre jurou, de pé junto, ter visto as sereias da Baía do Marajó e muito lutou para não ser vencido pelo encanto das lindas deusas. Pescadores que se deixavam levar pela sedução dessas sereias nunca mais retornavam para as suas casas.

Nessa aventura, Tunico e Patote partiram de Belém até a Ilha de Cotijuba, pernoitaram e, na madrugada, para fugir do grande banzeio da baía, atravessaram o grande mar de água doce até chegar, por volta de meio-dia, na cidade de Monsarás. Depois, circundando as margens da ilha, pernoitaram na cidade Joanes e, na manhã seguinte, enfrentaram uma grande maresia para chegar ao destino: a cidade de Soure, uma jornada de mais de 50 km de remada. Mais do que o cansaço, a alegria foi a tônica dessa aventura, com grande lembrança da noitada em Joanes...

Assim, seu ímpeto pedia estar próximo de um grande mar de rio, o que proporcionava Suez, embora o rio todo fosse de água salgada. Ele mesmo dizia:

— Mas que diacho de rio salgado!

Em uma de suas noitadas por Suez, conheceu uma pessoa muito interessante. Sempre sorridente, no alto de seu 1,90 m de simpatia, um perfeito lorde inglês, Mr. Leg era falante e um grande conhecedor de bebidas, como uísques e vinhos, devido à sua formação europeia e, logicamente, à sua vivência nos bares e nos cabarés de Londres e de Paris.

Mr. Leg era um mercador de sonhos, assim o definia Tunico, pois todo negócio que era tratado com ele havia sempre uma saída genial para o encaminhamento das negociações. Porém, Mr. Leg não tinha somente esse dom de negociar e sempre estudava com profundidade os negócios aportados pelo nosso Mestre Ampulheteiro, oferecendo uma direção para que Tunico apostasse com segurança os seus tostões. Assim fizeram bons negócios.

Entretanto, Tunico se perguntava por que Mr. Leg, com tantos conhecimentos e com um dom natural para fazer negócios, não estava em uma condição financeira avantajada? Com o passar do tempo, ganhou a intimidade necessária para alguns questionamentos de fórum mais íntimo com Mr. Leg, como acontece entre os amigos verdadeiros. De Mr. Leg, ele se transformou em apenas Leg, uma pessoa próxima de seu coração.

— Leg — falou baixinho Tunico —, estamos aí juntos há um bom tempo e fizemos bons negócios, e isso é maravilhoso, além de poder contar com a sua amizade. Mas... por que você não tem um capital guardado para fazer seus próprios negócios, sem depender muito de meu aporte financeiro?

Mr. Leg escondeu o sorriso.

— Veja, é apenas uma curiosidade... e desculpa se essa pergunta te incomoda — um silêncio pairou no ar.

— Mas deixa pra lá, meu amigão! — falou mais alto Tunico, oferendo um copo de uísque, já batendo, de forma carinhosa, no ombro do amigo, como de costume.

Mr. Leg levantou os olhos e deu um pequeno sorriso, um tanto quanto sem graça. Em seguida, bebeu um grande gole do uísque, limpou a boca úmida da bebida com sua clássica forma de usar o lenço. A elegância de Mr. Leg era natural, coisa que Tunico admirava muito.

— Cheguei a Suez bastante jovem, com as economias que meu saudoso pai, Mario Leg, me passou, além de seus inesquecíveis e certeiros conselhos. Meu pai trabalhou na companhia inglesa que comandava o canal, no início do século, na área financeira — continuou Mr. Leg — e me contou muito de suas aventuras por aqui. Foi isso que me motivou a vir tentar a sorte aqui. A companhia indenizou meu pai pelos relevantes serviços prestados e ele ainda foi condecorado como Lorde, em uma linda cerimônia no *Carijoh Palace*, um pequeno palácio da coroa inglesa na cidade de Towater. Parte desse dinheiro ele me passou e não se opôs à minha vinda para cá.

— Ao chegar aqui, vislumbrei um negócio de transporte de carga no Mar Vermelho, ligando os Portos de Suez, no Egito, ao Porto Sudão, no Sudão, claro, e o Porto de Jeddah, na Arábia Saudita. Isso combinava a necessidade de exportação dos produtos agrícolas do Sudão, como algodão, gergelim, animais vivos, amendoim, goma arábica, açúcar; o grande consumo da Arábia, e as paradas de cargueiros em Suez.

— Aluguei, de um empresário norueguês chamado Carl-jaaven, três embarcações de médio porte, que estavam sem uso e se corroendo ao tempo. Assim, começou meu negócio por aqui — completou Mr. Leg, bebendo um grande gole de uísque.

— Prosperei rapidamente — continuou Mr. Leg — e, quando livrei limpo meu primeiro milhão, propus ao norueguês a compra das embarcações, que já tinham mesmo sido reformadas por conta própria. O norueguês então me disse para não imobilizar o capital, que eu poderia investir em mercadorias e que depois veríamos. Assim fiz, e meu negócio cresceu muito nos anos seguintes, tanto que veio o golpe.

— Como assim? — indagou Tunico.

— O canalha, vendo os negócios indo de vento em popa, forjou uma necessidade e me tomou as embarcações, já que eram ainda de fato dele. Ele tinha, maquiavelicamente, arquitetado o golpe, pois negociou com meus clientes, de forma que assinei garantias de entregas. Fiquei até intrigado na época, pois não fazia negócio assim, mas como eu era o único a fazer a transação na região, fiquei tranquilo. E foi meu grande erro. Sem as embarcações, não pude cumprir com os contratos e fui à falência total.

— Que vigarista dos infernos! — bravejou Tunico.

— Pois é... e hoje a empresa dele é líder no transporte de cargas químicas, um grupo internacional muito forte — falou Mr. Leg, com um ar muito triste e pensativo.

— Como se chama essa empresa? — perguntou Tunico.

— Lejfdo.

Após alguns intermináveis minutos de silêncio, quando só se ouvia o barulho da areia escoando pela pequena ampulheta em ouro que Tunico usava como um chaveiro, que ele tinha feito do último pedaço que restara das ampulhetas em ouro do Sheik, disse:

— Vai levar o farelo! — gritou Tunico, dando um enorme murro na mesa, antes de se levantar e correr até o telefone.

— Kabir, meu parceiro, preciso de você! Venha da Índia imediatamente para uma reunião aqui em Suez. Tenho uma proposta na qual você vai ganhar um bom dinheiro — Desligou e disse ao Mr. Leg:

— Se prepare para a sua vingança!

Alguns meses depois após da vinda de Kabir à Suez e da ida de Tunico à Índia, onde ficou um bom período em intensas negociações, estavam reunidos Tunico, Kabir e Mr. Leg, no pequeno palácio que Tunico construíra, em um estilo de palafita amazônica. Essa era uma construção que intrigava os egípcios, pois a edificação era erguida em colunas, mas era somente areia embaixo, não havia garagem. Tunico dizia que a Palafita da Onda, como era conhecido o seu pequeno palácio, estava sobre o Rio de Areia. Isso lembrava a sua paisagem ribeirinha em torno de Belém e a onda era para lembrar de suas homéricas farras por essa região. Ele sempre dizia nas festas que promovia no seu palácio:

— Onda é onda! — frase preferida de Tunico, o nosso herói Ampulheteiro.

— *Djan* Tunico! — falou satisfeito Kabir, misturando sempre palavras indianas em sua fala. O norueguês mordeu a isca e assinou o contrato e você perdeu parte de sua fortuna.

A transação foi a seguinte: com a influência de Kabir sobre os grandes empresários de indústrias químicas na Índia, foi forjada uma compra gigantesca de petróleo bruto da Noruega por meio da empresa Lejfdo, pertencente ao maldito Carl-jaaven, que foi discutir esse negócio na Índia. Tunico gastou muito dinheiro para montar esse circo. Embora a transação fosse montada, toda a documentação era legal. Tunico pagou mesmo um sinal à empresa norueguesa para fechar a transação, uma verdadeira fortuna. Porém, e aí era o grande x da questão, o contrato previa uma multa que comprometia todo o capital da empresa norueguesa, caso o petróleo não chegasse até uma determinada data. Foi um grande risco assumido pelo norueguês, mas a ganância de ganhar uma fantástica bolada foi maior do que qualquer razão. E o time formado por Tunico para negociar com o norueguês, todos orientados por Mr. Leg, tinha convencido que, através do Canal de Suez, ele teria pelo menos um mês de folga para entregar a carga, que viria em comboio com todos os cargueiros da Lejfdo.

Durante os meses de negociação, Tunico gastou uma soma assustadora e ainda comprometeu boa parte de sua fortuna no pagamento do sinal à empresa norueguesa. Era Tunico no desembolso e Mr. Leg, o mercador de sonhos, na arquitetura do grande pesadelo prometido para o maldito norueguês.

A armação de Mr. Leg foi que, quando o comboio de cargueiros da Lejfdo estivesse todo no Canal de Suez, várias balsas que estavam aportadas na saída do canal, na direção do Mediterrâneo para o Mar Vermelho, seriam afundadas, impedindo o tráfego de navios pela saída do canal. A operação foi estudada em todos os detalhes, mas o mais incrível era que Mr. Leg usou também as três velhas embarcações que deram origem ao litígio com os noruegueses no passado. Mr. Leg teve mesmo que comprar as embarcações como sucata e fez uma revitalização para que elas pudessem navegar novamente, logicamente usando o dinheiro do Mestre Ampulheteiro. Para a retirada das balsas, seguramente a Lejfdo perderia o seu prazo, não concluiria o negócio e pagaria a fantástica multa. O dinheiro da multa já tinha sido negociado em ações da empresa, pois foi a saída que o ganancioso Carljaaven havia escolhido, já que não precisaria disponibilizar dinheiro vivo para sustentar a operação. Nesse caso, os empresários indianos ficariam com a mais de 60% das ações da Lejfdo, sendo uma parte para o próprio Mr. Leg, que retornaria a uma condição de grande negociador, de mercador de sonhos. Também nesse acordo com os indianos, parte das ações seria negociada para beneficiar as famílias carentes de Suez.

No início, Mr. Leg achou essa operação uma loucura total, já que comprometia a fortuna do seu grande parceiro Tunico. Mas o Mestre Ampulheteiro o convenceu, dizendo que isso seria uma grande lição para mostrar que toda ganância de poder um dia chega ao seu fim, mesmo em situações inimagináveis, como a Lejfdo, que foi erguida nessa base. Tunico fizera mesmo uns versos ao seu parceiro irmão Leg sobre a ganância pelo poder e pelo vil metal.

Maior o tempo, mais areia
O relógio não mente
A ampulheta tem que estar cheia
Para cumprir a tarefa corretamente
O sucesso vindo pela força da ganância
Não dignifica e nos fragiliza por inteiro
A vitória pelo suor é de vital importância
Filosofia aprendida de um Mestre Ampulheteiro

 E tudo se passou como previsto. Os indianos tornaram-se donos de um grande negócio. Tunico perdeu feliz, parte de sua fortuna. Quanto a Mr. Leg, ele voltou à sua condição original. A vingança da justiça sobre a ganância. A vingança de Mr. Leg!

 Muito mais tarde, Tunico compreenderia melhor o efeito da vingança e o significado da palavra perdão na evolução espiritual.

Capítulo 9
Promessas cumpridas

"Hora de voltar", pensou Tunico. Rico e cansado, era hora de voltar para a sua terra. Muitas histórias e aventuras, mas nenhum amor, nenhum sonho de futuro eterno. Uma longa caminhada passava por sua mente, desde o navio do Capitão Ibrahim, Alexandria, os amargos do Cairo e o abençoado encontro com o Mestre Garciouh, um mestre Ampulheteiro que transformara a sua vida para sempre.

— Mestre... chegamos a Belém — cutucou Patafaz, que tinha vindo acompanhando Tunico. O avião chegara no aeroporto de Val-de-Cans.

No banco, Tunico tratava de abrir uma conta bancária. Não deixara um único centavo no Egito. Tudo havia sido transferido para o Brasil e para negócios em Belém.

"Voltei por cima da carne seca" — pensou Tunico, com uma lágrima rolando, pensando na promessa feita a Seu João...

Em uma linda manhã, com tudo armado, foi reencontrar os velhos amigos da Ilha do Combu e a antiga amada Mocinha. Atravessou para a ilha em um barco muito vistoso que comprou ao chegar em Belém, um sonho de juventude. O barco foi batizado de Botoada, palavra que criou para materializar as reuniões com os seus parceiros de onda, os botos.

A lenda do boto na região foi criada para justificar as *cabocas* que ficavam gestantes, quase sempre após as festanças. Quando perguntavam o que havia acontecido, a resposta era sempre: "Foi o boto, mãe". No imaginário popular, o boto se transformava em um bonito rapaz que conquistava e amava as lindas *cabocas*. Ele tinha sempre um chapéu, que era para esconder o furo típico dos botos no topo de suas cabeças.

Ora, como os seus parceiros eram sempre *cabocos* galanteadores, então era uma reunião de botos. Portanto, Botoada seria um coletivo de botos!

Na negociação do Botoada, Tunico reencontrou um velho amigo da ilha, Gilberto. Esse sim era um Mestre, dizia Tunico. Para ele, Gilberto era um sábio, ou seja, nasceu sabendo, com certeza por desígnio divino. Muitos *cabocos* dessa linda região Amazônica são sábios. Esse era um conhecimento advindo da observação da natureza e da vivência com ela e, com certeza, com as luzes do Pai. Essa era a sabedoria que nenhum PhD aprenderia da academia.

Com a ajuda de Gilberto, Tunico comprou uma linda casa para Mocinha e seu filho, que foi a grande surpresa. Ao partir para o Egito, Mocinha tinha ficado gestante, mas nada tinha falado para Tunico. Agora, ele encontrou um filho e uma surpresa ainda maior: um lindo netinho, Tuniquinho, que é a sua lata! Felicidade extrema e Tunico, cumprindo a promessa à Mocinha, passa, além da linda casa, uma vultosa conta bancária. E faz o mesmo para o filho e para o neto Tuniquinho.

Felicidade também sentiu ao reencontrar o grande amigo Patizinho e seus irmãos, Mimiu, Xande e Cintinha. Patizinho, entre as cervejas e as risadas, contou a Tunico do encontro com a sua linda namorada e agora esposa Tatinha.

— Muita onda, Tunico, a morena foi logo sentando no meu colo. Tinha uma barriguinha sarada e uma mente tarada! – contava Patizinho – Pois é! E acabou dando nisso. Ela já está há 20 anos comigo e me deu três lindos frutos. O primeiro, Lucas Mateus, que não sei se foi feito no Botoada, ou se foi feito no igarapé, ou mesmo em um mangal, pois a morena era fogo puro e não tinha lugar para a explosão do desejo. Lucas puxou pra mim e pra mãe, com o sangue quente da vida, vivida com intensidade, mas um cara de caráter e moral forte, um grande coração, líder de seus amigos. Depois veio o incrível Luiz Vitor, que já chegou e está aí.

Ele é um garoto marcante em sua beleza exótica, que reveste um ser de luz, que nos ajuda na nossa caminhada espiritual. E a linda princesa Isis Vitória, que veio para coroar esse romance eterno. Isis é a única que tem minha veia de músico, porém com uma voz afinada, a que não chego nem perto. Tem a harmonia nata de uma grande artista e está em nossas vidas para manter acesa a chama do amor fraternal, que envolve toda a nossa família.

— E tu nem sabes — enfatizou Patizinho — em uma sessão mediúnica, os espíritos me contaram que a Tatinha estava me procurando há 2.000 anos!! Caramba, e agora é amor para toda a eternidade!

— Mas, Tunico — continuou Patizinho — tenho mais três filhos, mais velhos.

— Mas *uh sumanu*, tu continuaste danado, Patizinho! — exclamou Tunico em risos.

— É a vida, meu *manu*. Fui presenteado pelos céus, com o meu primogênito Hugo, uma pessoa que me ensina a ser sereno e calmo, uma luz em minha vida. Ganhei também a Cristal, um diamante de ternura, sábia e guerreira, muito mais que uma filha, uma amigona. E a Bruna, meiga e determinada, uma mulher de grande coração. Lindos presentes que me ajudam nas reflexões da vida, para seguirmos em nossa evolução espiritual.

— Patizinho, – olhou Tunico em seus olhos – que bom que retornaste à harmonia da vida com conhecimento espiritual, como te ensinou a tua Mãe, D. Maria.

— Sim, Tunico, e tive também uma bela ajuda de um casal de luz, Marcelo e Élica, que me deu uma valiosa ajuda. Sou muito grato a eles.

"Por cima da carne seca", pensava Tunico, com o coração partido de não mais poder ver o pai, Seu João, que já tinha partido para o plano espiritual. Mas a sua compreensão sobre a eternidade da alma acalentava o seu coração. Também sua mãe estava doente, mas com a serenidade de um grande espírito que estava na reta final de sua missão nesta vida.

Nessa mesma noite, no Combu, Tunico, na alegria de seu velho companheiro Patizinho, reviveu as noitadas com o banjo e a tuba, como ele tratava o tantam, e saiu um samba, que há tempo não esquentava a sua emoção, tudo na inspiração de João e Maria.

— Amor e vida, uma homenagem ao meu querido pai. Mete ficha nesse banjo!

Um amor, uma vida
Meu querido Pai
União que só Deus pode afastar

Mas é neste mundo de labuta
Onde se chora, sofre e luta
No céu... corações a se amar (valeu)
Valeu, pelas lições de vida, valeu
Valeu, por ensinar a humildade
Valeu, pelo rumo da história, valeu
Valeu, pela grande amizade
E a parceira, nossa querida Mãe
Na dor ainda nos ensina a viver
No silêncio, pede dignidade
Na provação, luta e bondade
Ah, querido Pai... só Deus há de saber
Valeu, pelas lições de vida, valeu
Valeu, por ensinar a humildade
Valeu, pelo rumo da história, valeu
Valeu, pela grande amizade

— Valeu por tudo, meu pai! Sua missão foi cumprida e, em breve, estaremos em uma prosa em algum canto do céu...

— É isso, Tunico, — falou Patizinho emocionado — nesse mundo de expiações, as missões são para serem cumpridas. E as tuas missões, Tunico, estão sendo cumpridas, como você já cumpriu as promessas feitas ao nosso amado Seu João. Ele deve estar muito feliz com essa canção...

— Que bom que tu estás de volta, Tunico. *Tava* sentido falta do suingue maneiro da tua tuba e da tua poesia. E a tua ausência — falou Patizinho — foi amenizada por uma nova amizade que fiz, quando fui uma vez para o carnaval de Tucuruí, pra tocar na Escola do Povo de lá, a Jaqueira. Lá fiz amizade com o Velho Dilcio, um poeta da vida. E a palhetada espalhou a poesia pela linda noite do Combu.

Amigo do riso e do pranto
E, no entanto, as reflexões das rugas
Nuas palavras num bar de um canto
Brindaremos no copo da sinceridade
A força de nossa amizade
Parceiro do samba, humilde campeão
Nos ensina uma filosofia de viver
Trata com sabedoria a solidão
E com paixão o ápice do vencer
Compositor mão cheia da avenida
Lobo solitário do amor formal
Poeta das andanças da vida
Traz alegria pro nosso carnaval
Tua caneta é bordada em ouro
Tua simplicidade, verdadeiro tesouro
Enaltece a Jaqueira com emoção
Entre lendas e magias, Dilcinho
Mora no nosso coração

Já sentindo algo a mais no seu entorno, Tunico tratou de usar a sua fortuna, adquirida em sua saga de mestre Ampulheteiro, na ótica das lições de Seu João: fazer o bem. Não que o bem só se faça com dinheiro, longe disso, mas a possibilidade de recursos para estruturar onde é necessário, com sabedoria e fraternidade, é muito especial.

O bem não enxerga o valor material, mas sim a riqueza que vem do coração. Porém, se é possível, então vamos lá. E Tunico dividiu todo os seus recursos com as mais diversas casas de caridade do estado do Pará, asilos, orfanatos, associações fraternas etc.

"Vinde a nós", ouvindo a voz de Seu João e um grande brilho que iluminava o seu quarto, Tunico virou uma inspiração eterna para os seus amigos, em especial seu parceiro de tantas quebradas, o Patizinho.

Essa ligação com Tunico, talvez de milênios, rondava a inspiração de Patizinho, fazendo brotar os versos. Em uma noite, acompanhado pela viola de Albertinho Violeiro e do cantor Mosca, saiu a homenagem ao amigo.

> Amigo, tua alegria envolve o samba
> Tua irreverência a todos encanta
> A amizade bateu forte no coração
> Amigo, teus versos têm poesia
> Teu meio-sorriso me traz alegria
> Faço os acordes com emoção
> Então vem... fazer comigo mais um samba
> Nessa roda de gente bamba
> Com o banjo ou o violão
> Amigo, tua verdade rasga o sentimento
> Trata de fatos e desse momento
> Palavras com sabedoria e paixão
> Amigo, toma essa letra como um obrigado
> Não quero te fazer idolatrado
> Recebes apenas o beijo dessa canção
> Então vem... cantar comigo mais um samba
> Nessa roda de gente bamba
> Com o gingado da tua marcação

Capítulo 10
O Vovô Ampulheteiro

Tuniquinho era simplesmente o passado na forma de um presente, tal era a semelhança com Tunico, não só física, como espiritualmente.

— Parceiro, o Tuniquinho teve uma ideia fantástica! — gritava o letrado Moreirinha — Acho mesmo que o Tunico passou isso em sonho!

— Te acalma, parceiro – disse Patizinho à Moreirinha, com o qual já fizera várias marchinhas de carnaval e, mesmo com Tunico que, depois que havia chegado do Egito, não fazia outra coisa a não ser contar histórias da terra dos faraós, ajudar as pessoas, com a sua fortuna acumulada, e tocar sua tuba nas rodas de samba, com seu parceiro Patizinho.

— Realmente, uma ideia fantástica! — Agora acordando e caindo na emoção do momento — Moreirinha, isso me faz lembrar de alguma prosa que tivemos um dia com o Tunico, Tuniquinho e o Albertinho Violeiro, lembra?

— Claro que sim! Lembro desse dia! O Tunico insistia que devíamos fazer uma marchinha que viria de uma mensagem dos céus. E, naquele dia, até chamamos o Albertino e não saiu nada! – Agora ria Moreirinha, passando a mão na sua bela preponderância estomacal.

— Pois é, mano, ele se foi, mas agora veio o momento, — argumentou Patizinho — chama o Tuniquinho, que eu vou pegar o Albertinho.

— Mãe! Dá pra senhora preparar um tira-gosto de jabá? — pediu Patizinho para sua eterna parceira e inspiração de vida, D. Hosana.

Sim, parceira de muitas jornadas, com a qual aprendeu a dignificar o trabalho e a sentir o gostinho pela nobre profissão de educar: professor. Ela foi professora das diversas escolas do Bairro do Telégrafo e era uma referência para as suas amigas professoras e admirada pelos seus inúmeros alunos, dentre os quais o próprio Patizinho. Ela mostrou a direção espiritual para os filhos e ensinou que a fraternidade é a base desta vida. Ela sabia um pouco de cada profissão — marceneiro, eletricista, encanador, pedreiro etc. Tinha mesmo construído a própria casa e era conhecida pelas suas frases de efeito.

Mas a professora era também bem dura na função de mãe. Não fazia cerimônia em pegar o cipó para uma pisa corretiva, na mesma linha pedagógica de D. Chiquinha, sua mãe e também madrinha do Patizinho. Nessa inspiração, Patizinho fez um samba para a linda Professora:

Dou minha cara a bofete
Viva eu cem anos
Eu jamais vou esquecer
Linda, tão linda professora
Que nos ensinou a viver

Pedreiro, também carpinteiro
Faz até galinheiro
Muito amor, mas a pisa é pra valer
Não tem choro nem conversa
Pisou, fica alerta
Marcou, o cipó vai lamber
Cuida firme da macacada

Cura a garganta e piolhada
Purgante, é mamão na cara
Carinho para tudo que é dor
Tem folha pra tumor
Dormiu, tem reza braba.
E vou dizer...
Linda, tão linda professora
Que nos ensinou a viver

— Toma, menino – disse D. Hosana, entregando um prato de jabá frito com uma maravilhosa farofa de farinha baguda.

Patizinho já tinha afinado o banjo e o violão. Tocava também violão, que aprendera com o Albertinho Violeiro, que insistia em não envelhecer. Mas a viola seria deixada para o mestre.

Todos juntos, acompanhados de uma boa batida de limão, também feita por D. Hosana (parceira é parceira). Ali, no pátio da D. Hosana, era o palco da reunião de criação.

O refrão já estava na ponta da língua, foi só ajustar o compasso e definir o tom, o qual foi natural pelo lá menor, na linha das outras marchinhas. E o saudoso Tunico dizia, nos momentos de composição: "é isso!" Quando o acorde menor vinha para arrumar uma marchinha. O refrão já tinha vindo no sonho.

Ampulheteiro, Ampulheteiro, Ampulheteiro
O vovô lá no Egito se tornou Ampulheteiro
Ampulheteiro, Ampulheteiro
O vovô lá no Egito se tornou Ampulheteiro

Era a história do Tunico, o nosso Vovô Ampulheteiro! E depois de cantar o refrão por muitas e muitas vezes, com o néctar cítrico cortando as amarras da emoção, passou-se para a cabeça da marchinha, entrando uma linha melódica do Albertinho, subindo para a preparação, em vez de cair para a terceira do lá menor.

O vovô foi pro Egito e aprendeu a fazer ampulheta
Um relógio artesanal de areia, vidro e pau
Abriu uma loja e ganhou muito dinheiro
Ficou por lá e se tornou Ampulheteiro

— Ah...! Isso é a cara do vovô Tunico — disse Tuniquinho, já com lágrimas nos olhos.

— Maravilha! É isso mesmo! — falou o inspirado Moreirinha.

— Mas tá curto — ponderou Patizinho, calejado nos festivais de samba-enredo, que queria uma mudança melódica mais forte e uma letra mais suave e de duplo sentido, marca da marchinha, no sentido de preparar o tubo da última parte, para fechar em apoteose.

Agilidade, ele tinha em suas mãos
A sua arte era pura maestria
O vovô era alegria
Era um grande folião

— Égua, fechou! — soltou Albertinho. — Não mexe em mais nada, mano.

— Caiu como uma luva — falou, comovido, o nosso letrado Moreirinha.

E veio o tubo da parte final, seguindo o roteiro do sonho de Tuniquinho, com a sutileza literária de Moreirinha e um empurrão nas letras pelo Patizinho.

Com a idade foi perdendo a habilidade
Só fazia uma ampulheta com a maior dificuldade
Se aposentou por um problema visual
Não enxergava mais areia, nem o vidro, nem o pau

— Marchinha finalizada! Pronta pra comandar o nosso Bloco Sem Biga Ninguém Foge pelas ruas do Telégrafo e Umarizal no ano de 2011.— exclamou Patizinho.

E, acho que conduzida pelo vigilante espírito de Tunico, a turma foi fazer uma gravação da marchinha e de outras do cancioneiro do bloco. Era uma gravação bem amadora, em um pequeno estúdio, do nosso querido Urubu. Urubu era um técnico em eletrônica que consertava aparelhos de som, televisões etc., e mantinha, na sua sala, um ambiente chamado de estúdio.

O sistema de gravação não tinha recursos de gravar por parte. E aí foi o suplício, porque o Urubu tinha um ouvido musical maravilhoso. Qualquer erro, ele mandava parar e tinha que começar do zero! Mas chegou-se, penosamente, ao final, com a ajuda de uma grade cerveja. A equipe que gravou foi: nosso maestro Albertinho Violeiro, claro, na viola; Patizinho no banjo; Oscar na marcação; Naldo no pandeiro; e o nosso letrado Moreirinha no vocal. Algum tempo mais tarde, tivemos uma interpretação profissional do nosso grande intérprete da escola de samba do bairro, Théo Pérola Negra.

Passou-se o tempo, em meados 2012, quando o nosso querido cantor Mosca, que já tinha participado da canção em homenagem ao nosso herói, Vovô Ampulheteiro, encarnado pelo nosso inesquecível Tunico, procurou Patizinho.

— Já viste o concurso do Fantástico? Coloca o Ampulheteiro! — falava o Mosca, com aquela voz de trovão.

Para a inscrição, era necessária uma gravação. E aí veio a providencial gravação do Urubu! Inscrição feita, destino marcado!

Um parêntese aqui sobre o Mosca.

Tinha uma fama de brigão, e o seu grave, aliado ao seu jeito atrapalhado, contribuía bem para essa fama, além de algumas memoráveis confusões já aprontadas pelo bairro... Mas, no fundo, tinha um bom coração, e Patizinho, por algum motivo, tinha afinidade e carinho por ele. E mais um samba saiu:

> Muitos sambistas eu já conheci
> Muito brilho querendo ser mais do que a lua cheia
> Muita gente bamba eu já vi por aí
> Um jogo de sons, vaidade, que não encadeia
> E então, apareceu
> Para a minha alegria e amizade
> Uma voz, um dom
> Recebido dos céus com muita humildade

Não importando qual seja o tom
É ele o nosso cantor
Marquinho Mocidade
Vem voar
Traz a emoção com o teu suor
É a voz enaltecendo a nossa canção
Não importa que seja em ré ou dó
Meu amigo Mosca
O samba contigo é vibração

O celular vinha importunando, e era do Rio. Deviam ser aqueles bancos para empréstimo, pensava Patizinho, para consignar de vez o salário do professor. Um dia, atendeu.

— Nossa! Não acredito...

De quase 1.700 marchinhas inscritas, a *Vovô Ampulheteiro* ficara entre as 10 selecionadas para a fase final do concurso.

— O arranjo será por um maestro renomado, e existe a possibilidade de interpretação pelo Alfredo Del-Penho — dizia o contato da Fundição Progresso.

— Tudo bem... só não mudem o tom... — disse o nosso professor Patizinho, ainda incrédulo.

E assim aconteceu.

— Bora, Albertinho! Tu vais comigo pro Rio! — Agora o incrédulo era Albertinho Violeiro, que nunca tinha viajado de avião.

Patizinho, como professor de escoamento granulares na universidade (o que parecia ser coisa do destino, já que ensina a física do escoamento de areia, por exemplo), construiu duas ampulhetas. Uma era destinada ao maestro Altair Martins e a outra, para fazer onda pelo Rio de Janeiro!

Malas prontas, malas despachadas, exceto algumas, que não poderiam ser despachadas: o banjo, o violão e as ampulhetas! Essas quase foram barradas pelo pessoal da segurança do aeroporto, mas eram para marcar o tempo da felicidade, e passaram!

Olhando para o Albertinho e a imagem do Rio pela janela do avião, não se poderia lembrar de outra música que não o Samba do Avião. Albertinho era um grande conhecedor da bossa nova, assim como Patizinho, que aprendera com o próprio Albertinho a fazer as "aranhas" no cabo do violão. Mas, parece que, hoje, Patizinho aprecia mais as baixarias de um "7 cordas" do que as dissonâncias da harmonia da nossa bossa nova.

A farra pelo Rio foi grande e muito viva para Albertinho, culminando em chope no bar onde o Vinicius teria composto a nossa eterna *Garota de Ipanema*. Eles se hospedaram no reduto da boemia, no Alto da Lapa, no Hotel Marajó, que coincidência... E a coincidência continua, pois tinha um bar de comida caseira, o Bar dos Amigos, na esquina da Rua do Mosqueira... Lá, os dois paraenses fizeram uns sambas com os amigos cariocas do Alto da Lapa. Lá também beberam umas boas cervejas com os compositores Canário e Toninho Geraes, cada um, paraibano, mineiro e paraense, cantando um samba de sua autoria. Eles contaram umas resenhas com o Agepê, que morava ali ao lado. Canário ajudou Agepê com o primeiro grande sucesso, *Moro onde Não Mora Ninguém*, e vários outros. O mesmo para o Toninho Geraes, que iniciou sua carreira com as parcerias do Agepê, como o grande sucesso *Me Leva*. Foi uma noite memorável e "bebemorável".

— Acho que teremos boas notícias — falou uma pessoa que nos conduziu para o palco da Fundição Progresso, onde se apresentaram as 10 marchinhas finalistas. Era o anúncio das três que iriam para a finalíssima.

Com o coração a mil, os paraenses ouviram a quebra da hegemonia de marchinhas do Sudeste e entraram para a histórica final, entre a marchinha carioca de *Macumbeiro moderno*, a paulista de *Áio no ôio*, e a paraense *Vovô Ampulheteiro*. Na realidade, era para ter sido tudo decidido pela votação popular já nesse dia, 27 de janeiro de 2013, no programa *Fantástico*. Porém, o famoso incêndio da Boate Kiss, em Santa Maria, na região central do Rio Grande do Sul, com muitos mortos, não permitiu a realização da votação popular e foi transferida para o domingo seguinte.

No anúncio da marchinha *Vovô Ampulheteiro*, a última a ser anunciada, para esmagar de vez os corações dos paraenses, Patizinho e Albertinho foram cantar no palco com o Alfredo Del-Penho e o maravilhoso grupo musical da Fundição Progresso. Patizinho entrou no palco empunhando a enorme ampulheta que tinha fabricado, e vinha com a energia do nosso herói Tunico.

— Meu conterrâneo, parabéns — foi o abraço apertado que Patizinho recebeu de um dos poucos torcedores do *Vovô Ampulheteiro* naquela noite. Era o ex-presidente da Escola de Samba Quem São Eles, de Belém, Luiz Guilherme, que estava no Rio e assistiu à final. Esse abraço de *cabocos* paraenses quebrou a fortaleza do bravo Patizinho, e as lágrimas se misturaram com o suor, na emoção de uma noite inesquecível.

Essa condição atípica, da transferência do evento em uma semana, para se ter somente as três finalistas, incendiou também o ambiente, pois as torcidas no Rio, em São Paulo e em Belém se organizaram, e foi uma grande festa a votação popular para a escolha da Marchinha Campeã Nacional do Carnaval de 2013, Prêmio Haroldo Lobo.

No domingo seguinte, pela manhã, chegou o carro de reportagem da Rede Globo, com uma enorme antena para a transmissão de *flashs* ao vivo da final, diretamente do Bar do Fausto, no Bairro do Telégrafo, em Belém. Com a chegada do carro, o alvoroço foi grande. E quando se aproximava o horário do Fantástico, as ruas já estavam lotadas de torcedores do *Vovô Ampulheteiro*, Bar do Fausto apinhoado com os brincantes do Bloco Sem Biga Ninguém Foge, e gente de tudo quanto era lado.

— Vamos acabar com esse mistério! — disse o apresentador do Fantástico — Com 64% dos votos de todo o Brasil, a grande vencedora é a marchinha *Vovô Ampulheteiro*, de Belém do Pará!

Aí a turma veio ao delírio, com a festa atravessando a madrugada. Patizinho, depois de estar mais calmo, e um pouco mais bêbado, pensou: "Com certeza, isso deve ter tido uma ajuda do espírito do Tunico, que deve ter convencido os espíritos de luz para nos ajudar nessa votação..."

Foi o grande presente para esse nosso eterno Vovô Ampulheteiro. Nessa emoção, e lembrando a epopeia do Rio, Patizinho e o mestre e amigo Albertinho fizeram uma bossa nova em homenagem ao velho amigo Tunico, incluindo até o parceiro, o letrado Moreirinha, na história.

Alberto e André
Levaram o Moreira para o Rio de Janeiro
Para cantar uma marchinha de carnaval
Foram disputar um festival
Garotas pela praia
Beleza no Rio é deslumbrante e no horizonte
Vinicius de Moraes disse assim..., que graça
Bota mais um chope nessa taça
Rio, viajando pelo Rio
Enfrentando um desafio
O nosso som está no ar
Rio, cantando pelo Rio
A emoção está a mil
A força vem do Pará
A Lapa é o lugar
Onde tudo vai acontecer e vou dizer
Viemos sem uma peça fundamental
Carnavalesco genial
Saudades do velho Bozo
Um poeta quase imortal
Criou o Ampulheteiro infernal
Para agitar o carnaval
Palmas, ele merece palmas
A gente sente a sua alma

Canta a marchinha também
Palmas, ele merece palmas
A gente sente a sua falta
Os parceiros agradecem... amém